The Unflappable Miss Fairchild
by Regina Scott

冷静沈着な令嬢アンの結婚

レジーナ・スコット
細田利江子・訳

ラズベリーブックス

冷静沈着な令嬢アンの結婚

主な登場人物

アン・フェアチャイルド……上流階級の令嬢。

チャールズ（チャス）・プレストウィック……プレストウィック伯爵家の次男。

アガサ・フェアチャイルド・クロフォード……アンのおば。クロフォード卿の未亡人。

ミリセント・フェアチャイルド……アンのおば。

レスリー・ピーターズバラ……チャスの友人。ヘイスティングズ侯爵の一人息子。

グウェンドリン・プレストウィック……チャスの母。先代のプレストウィック伯爵夫人。

マルコム・プレストウィック……プレストウィック伯爵。チャスの異母兄。

ジュリアン・ヒルクロフト……社交界の紳士。

モーティマー・デント……社交界の紳士。詩人。

ゴッドバート（バート）・グレシャム……社交界の紳士。アンの幼なじみ。

エリザベス（リザ）・スキャントン……未亡人。チャスの元愛人。

プロローグ

クランフィールド家の図書室で、炉棚に置かれた真珠貝細工の時計が、くぐもった音を鳴らして真夜中の十二時を告げた。暖炉の炎に照らされたほこりっぽい本の題名に目を走らせていたチャス・プレストウィックは、眉をひそめて顔をあげた。リザは遅れて来るに決まっている。たとえ会いたいときでも。

あの女ときたら！　またぞろ蒸し返して、何の得があるというんだ？　結婚に興味がないことを告げたときは修羅場になり、リザの部屋にあった彫像や陶磁器、クリスタルがことごとく粉々になった。よりを戻したがっているわけがない。ところが今夜の彼女は、ロンドンの上流階級二百人の前で、二人の関係は何ひとつ変わっていないように振る舞っていた。ひそかに図書室に来るよう約束を取りつけられたのは幸いだった。

ドアがきしみながら開いて、リザ――エリザベス・スキャントンが滑るように入ってきた。そして炉棚にもたれたチャスの向かいにあるソファに、優雅に腰をおろした。

堅物のフレディ・クランフィールドが退屈な舞踏会にチャスを招待したのは、チャスの兄マルコムと長年の友人関係にあるというそれだけの理由だった。マホガニー張りのほとんど使われていない図書室がこのような密会の場になるとは、フレディは想像したこともないだろう。赤毛をギリシャ風に結いあげ、琥珀色のガウンが肉感的な体にぴったりと貼りついているリザの姿を見れば、初めて会ったときに惹きつけられた理由は明らかだった。そんな心の動きを見透かしたのか、リザはゆったりとほほえみを浮かべ、舌先で赤い唇をちろりと舐めた。

「ねえ、チャス」リザは甘えた声で口を切った。「喧嘩したことは水に流せないかしら？　わたしたちは相性ぴったりでしょう」

チャスはかぶりを振った。「わたしは本気だ、リザ。きみにとってはお遊びなんだろうが、こちらはもううんざりでね」

リザは念入りに整えられた眉毛を吊りあげた。「あら、それがチャス・プレストウィックのせりふ？　わたしが知っているチャス・プレストウィックは、ロンドンから一日で行けるあらゆる町まで、馬車で最速記録を叩きだし、ハイド・パークの端から端までとんぼ返りなどできっこないだろうと、かわいそうなレスリー——ピーターズバラ卿を焚きつけた人よ。そんな人が、いつゲームに飽きたの？」

チャスはため息をついた。「たぶん大人になったんだろう。きみがいま言い立てたのは、いささか向こう見ずな行動だった」――そうすればリザの気を引けると思っていたから。「どうやらわたしは退屈な男になってしまったようだ。きみはもっとおもしろい相手を探したほうがいい」

「ふざけないで」そのひとことで、負け犬のふりが通用しないことがわかった。さすがによくわかっている。リザは長い脚をソファの白いベルベットの上に伸ばした。「あなたはこの先まだ何年も楽しめるし、わたしは自由奔放な未亡人で通っているのよ。わからないなら教えてあげる」

さっさと話を終わらせたほうがいい。「いいや、リザ」突き放すように言った。「わたしたちはもう終わりだ。きみも、こんな場所でわたしを説得するほど愚かではないはずだが」

リザはゆっくりとソファから立ちあがった。黒っぽい瞳が暖炉の明かりできらめいている。「それは、クランフィールド家が、あなたをまだ受け入れてくれる数少ない場所のひとつだから？　その気になれば、わたしは厄介な騒ぎを引き起こすことだってできるのよ。かわいそうなチャス・プレストウィックがまたもや追いだされたりしたら困るでしょう？」リザは舌なめずりをしてにんまりした。猫のように。

チャスは苛立ちをおくびにも出さなかった。あとひと押しで押し切られそうになっていることを悟られてたまるものか。命知らずだという評判が立っているせいで、兄の友人たちは恐れをなして近づかなくなってしまった。彼のことを娘に紹介する貴婦人も、いまはもうほとんどいない。多少見劣りしても、無難で結婚に興味がある男とさっさと縁談をまとめたいのだ。チャスは引きつづきレスリーやその他の向こうみずなことが好きな面々と夜を過ごすことが多かったが、気分転換になる舞踏会やパーティも避けているわけではなかった。だが、そんなことをリザは知る由もない。

チャスは彫刻の施されたマホガニーのドアを面倒くさそうに指し示した。「遠慮なくやってくれ。クランフィールド家の人々にどう思われようと、わたしにとってはどうでもいいことだ」

「嘘つき。わたしがいまドアを開けて悲鳴をあげるだけで、あなたの評判はずたずたになるのよ」

チャスは革靴の爪先に目を落とした。「そんなことをしたら、いくら〝自由奔放〟と言われることを好むきみでも、得することはあまりないんじゃないのか？いいとも、騒げばいい。きみがこれまでしてきたことよりおもしろそうだ」

リザは顔をこわばらせた。「言ったわね、ミスター・プレストウィック」リザはつかつかと入口に近づいて、ぐいとドアを開けた。そしてぴたりと動きを止めた。

野次馬でも詰めかけているのだろうか。チャスは身がまえたが、ドアの前でリザと鼻を突き合わせたのは、見知らぬ若い女性だった。目を見開き、ドアの取っ手をつかもうとした手が空中で止まっている。そして逢い引きの場に踏み込んでしまったことに気づいて、みるみる顔を赤くしていた。

「まあ、ごめんなさい」彼女はもごもごとつぶやいた。「カード室にいる方を探していたんですが、ここは図書室のようですね。お邪魔しました」と言って、行こうとした。

リザはその機を逃さず、若い娘の腕をつかんだ。「お願い、行かないで！　あの人と二人きりにしないで！」魔法のように涙を浮かべて、リザはつづけた。「あの人はわたしをここに誘いこんで、わが物にするつもりなの！」

チャスは思わずうめきそうになった。リザを知る者ならだれも信じないだろうが、ドアの前で驚いたように目を見開いているあの娘なら信じるはずだ。

娘はリザが流す涙と彼の顔を交互に見た――まるで真偽をたしかめようとするように。そのまなざしは、彼女の若さにそぐわないほど賢明だった。チャスは少し姿勢を正した。

「どうか落ち着いてください」娘は穏やかな声で言った。「この部屋を出れば、あの方も何もできませんから」

リザはチャスをちらりと見た。小娘を簡単にだませると思っていたのだろう。悔しそうに唇を噛んでいる。

「でも、わたしの評判が――」リザはふたたび攻勢に出た。「この人のせいで、わたしの評判は台なしだわ。もうだれからも相手にされずに、一人で死んでいくことになるのよ！」ソファに身を投げ、両腕に顔を埋《うず》めてむせび泣くリザを見ると、チャスでさえだまされそうになるほどだった。

娘はためらっていたが、しまいにソファに近づき、突っ伏したリザの傍らにひざまずいた。「どうか泣かないでください。こちらの紳士に悪意はなかったはずです。それに、あなたのように洗練された方なら、のぼせあがった男性にも慣れておいででしょう」

チャスが鼻を鳴らすと、娘はきっと彼をにらみつけた。チャスはきまりが悪くなって目を逸らした。

リザは洟《はな》をすすりながら顔をあげた。「呪われているとしか思えない。わたしがどんな運命を背負いこんだか、あなたにはわからないのよ！」

娘はリザの手をそっと撫でてなだめた。「それでも勇敢に耐えてらっしゃるわ」

リザは起きあがった。「でも――」

「ええ、わかります。そうした男性の振る舞いには、聖女でもあらがえないことがありますもの。もしわたしがあなたのように魅力的だったら、きっと途方に暮れてしまいますわ」

すると、今度はリザが安心させるように彼女の手を撫でた。「大丈夫よ、わたしみたいに呪われた人間はめったにいないから」そして、チャスをにらみつけてつづけた。「こちらのお嬢さんのおかげで冷静になれたわ」

「わたしがいなくても、ご自分で落ち着きを取り戻されたはずです」若い娘は立ちあがりながら言った。

「もちろんですとも」リザも立ちあがり、颯爽とドアの前まで来たところでチャスを振り向いた。「いいこと、チャス・プレストウィック。あなたがエリザベス・スキャントンを見るのはこれが最後よ」リザは何か言い忘れたことがあるように一瞬ためらったが、すぐに部屋を出て、暗い廊下に姿を消した。

チャスはリザが遠くまで行ったことを確信すると喜びの声をあげ、リザをなだめた娘に近づき、その手に音を立ててキスした。「きみという人は、まさに天才だな。リザがあんなふうに丸めこまれるなんて、見たことがない。それも、本人が気づかないうちにだ。きみは天使か？　それとも魔術師か？」

娘は手をそっと引き抜くと、ドアに向かった。「どちらでもありません。わたしはただ、必要な方に手を差しのべただけです。家族に言わせると、わたしはどんな方にも長所を見いだそうとする困った癖があるとか」彼女は振り向いてつづけた。「あなたも例外ではなかったということです。いつもしていることですから、お礼は結構ですわ。では失礼します」

「ちょっと待ってくれないか」チャスは自分が彼女を引き止めたがっていることに気づいて驚いた。しかしそれを言うなら、戸口に現れた彼女を初めて見たときから驚いていたのだ。

チャスは改めて娘を観察した。好みのタイプではない。穏やかな美しさをたたえた女性だ。実際、濃いまつげに縁取られた灰色の瞳――サマセット州の領地、メンディップ・ヒルズの荒れ模様の空を思わせる瞳がなければ、平凡な容姿と言っていい。豊かな髪は黒々としてつややかだが、こんなふうにまとめてうなじのところで結う髪型より、ほかの髪型のほうが似合うだろう。体つきも好みの体型より細身で、長いこと夕食に羊肉をたっぷり食べていないように見える。そして服装も、やや流行遅れのスタイルだ。それでも彼女がリザを――そして彼自身を扱った手並みは、まったく見事だった。

チャスはあきらめなかった。「恩人の名前を聞いても？」

振り向いた娘を見て、チャスは彼女がふたたび頬を染めていることに気づいた。

「いけません。おたがい、会ったことがないように振る舞うのがいちばんですわ」娘はそのままドアに向かった。

チャスはむっとした。小憎らしい娘だ！　しかし、彼は少々あくどいやり方で難題を解決することで有名だった。彼は娘の行く手に立ちふさがり、暖炉の明かりにエメラルド色の瞳と金色の髪がきらめいて見えるような角度で、とっておきの笑みを浮かべた。「なるほど、きちんとしたお嬢さんだ。人気のない図書室で、見知らぬ男と話をしたりしてはいけない、と。それなら、だれかに紹介してもらってもいい」

娘は最後にちらりと小生意気な笑みを浮かべてつぶやいた。「共通の知り合いはいないと思います」と言うなりチャスの脇をすり抜け、小走りで廊下に出た。そしてもともと探していたカード室を見つけたのだろう、さっとドアを開けて姿を消した。

今後しばらくは思い出し笑いをしてしまいそうだとチャスは思った。もっとふさわしい場所で、また彼女に会うにはどうしたらいいだろう？

1

「アン・フェアチャイルド！」レディ・クロフォードことアガサおばは鼻眼鏡をあげると、朝食のテーブルに着いている姪をじろりと見た。「同じことを二度も言わせないでちょうだい」

アンはぎくりとした。そしてリネンのテーブルクロスにお茶をこぼさないようにティーカップを皿にそっと戻し、おずおずとほほえんだ。「ごめんなさい、おばさま。けさは気分がすぐれなくて」

「先週、クランフィールド家の舞踏会に出かけてから、少しぼんやりしているわね」ミリセントおばが穏やかに口を挟んだ。アンの後ろの窓から射しこむ朝日に目を細めている。「どなたか特別な方を見つけたのかしら？」

「そんなはずはないでしょう」アガサおばは鼻を鳴らした。「この子は冴えない男性二人とそれぞれ一度ずつ、それからミスター・ヒルクロフトと二度踊ったきりよ。わたしが頭痛を起こしたせいで早く帰れたのは幸いだったわ」

「あなたがアンをカード室によこしたとき、わたしはシルバー・ルー（カード・ゲームの一種）

を楽しんでいる最中だったのだけれど」ミリセントはため息をついて、うっとりするような表情を浮かべた。

アガサは手を振った。「そんなことはどうでもいいの。肝心なのは、アンにようやく興味を示したまともな男性が、ジュリアン・ヒルクロフトただ一人だったということよ。だから、その方が訪問してくださるのか聞いたの」

つまり、その質問を聞き逃したのだ。今度は答えないわけにはいかない。アンはトーストにせっせと蜂蜜を塗りながら、さほど関心がなさそうに答えた。「ミスター・ヒルクロフトから、今日馬車で出かけようと誘われているんです。天気が良ければですけれど」

「あら、そうなの?」アガサはいっとき考えて口を開いた。「それじゃ今回は、あなた一人で行かせることにするわ。そうすれば、先方も結婚を申しこむ気になるかもしれないし」

アンは目をあげずにナイフを傍らに置き、大きく息を吸いこんで苛立ちを抑えた。「何を根拠にそんなことをおっしゃるんです?」彼女は、穏やかに聞き返した自分をほめたいと思った。

アガサはマイセンのティーカップをガチャンと皿に置いた。「結婚を申しこんでもらわないと困るわ。そうでなければいったい何のために、ここ数カ月で五回来客があったうち少なくとも三回、あの方を招いたと思ってるの？　わたしは郵便局を経営してるんじゃないのよ」

「もちろん申しこむわよ」ミリセントはアンの手をそっと撫でた。「見たところ、ミスター・ヒルクロフトはあなたのことをとても気に入ってるようだもの」

アンはこわばった笑みを浮かべた。その見立ては、はずれてほしい。

アガサは立ちあがった。「いずれにしろ、ミスター・ヒルクロフトがあなたの時間を独り占めしているあいだはほかの男性が近づけないわ。本気でないなら、もう訪問しないようにお伝えしてちょうだい」

アンはトーストをかじったが、そのかけらはなかなか喉を通らなかった。「ミスター・ヒルクロフトは訪問されるだけですわ、アガサおばさま。あの方にとって、わたしはただの友人なんだと思います。それでほかの男性が遠慮するようなら、その方には求婚者の資格などありません」

アガサは苛立たしげに骨張った指を振り立てたが、アンは動じなかった。

「立派な物言いだこと」アガサはぴしりと言って立ちあがった。「でも、独り身のまま年を取ったときに、同じことが言えるかしら？」

アンが答える前に、ミリセントも急いで立ちあがった。「あら、そんなことにはならないわよ。アンはいい子ですもの。きっと近いうちに、素敵な方が結婚を申しこんでくださるでしょう」

「早くそうしてもらいたいものだわ。この子ときたら、恩知らずなことばかり言って！　だれがあなたを引き取ったと思っているの？」杖を握りしめたアガサの両手がぶるぶると震えていた。「こんな子は放っておいて、行きましょう、ミリセント。それからアン、ミスター・ヒルクロフトに会うときは、グレイのペリース（長袖のコート）を着るのよ。あなたを着飾らせるためにかなりのお金を使っているのだから、わたしが選んだ服を着るのが礼儀でしょう。そしてミスター・ヒルクロフトに、今日はベスを付き添わせることはできないと伝えて。あの方にエスコートを任せて、紳士らしく振る舞ってもらうの。後で詳しく報告してちょうだい」

ミリセントはアンを励ますように目くばせすると、アガサを支えながら部屋を出た。

アンはすっかり食欲をなくして、朝食の皿を押しやった。夫を亡くしたミリセントおばと一緒にこのクロフォード家で暮らすようになってから五年経つが、アガサおば——レディ・クロフォードを喜ばせる方法はいまだにわからない。アガサおばがこれまでしてくれたことにはほんとうに感謝している。ダンスやピアノの教師は言うに及ばず、絵画教師のあのおぞましい女性まで手配し、かつて自分が着ていた服を直して着られるようにもしてくれた。あんなに短気で、ことあるごとにかっとする性格でなければいい人なのだ。アンはそんなおばに調子を合わせるために、精いっぱい努力してきたつもりだった。

たとえば、結婚相手として首をかしげるような男性ばかりを引き寄せていることは認める――おばが言うほど彼らを間抜けとは思わないけれども。モーティマー・デントはお人好しで、バイロン卿と肩を並べるような詩人になるつもりでいるが、独創的な発想が皆無で、押韻やリズムのセンスも絶望的だから、そのもくろみは成功しそうにない。ゴッドバート・グレシャムは仲良しの幼なじみだが、いわゆる〝インテリ女性〟と比較されることを怖れるあまり、これ以上ないほどきてれつなダンディを装っている。前回ロンドンに来たときは、こともあろうに緑のパイピングで縁取られた紫のチェック柄のベストを着ていた。

たしかに、ジュリアン・ヒルクロフトはいちばんましな選択肢だ。ひとかどの人物で、裕福で、知的で、なおかつ見映えもいい。だがアンは彼の穏やかな青い瞳の奥に、いつも何か別のものを感じとっていた。

アガサおばの性格がいくらかでもミリセントおばに似ていたら、どんなによかっただろう。ミリセントおばはとにかく温かくて寛大な人だ。ミソサザイのような茶色の髪にふくよかな顔、充分すぎる胴まわりと、まさに母性を体現したような女性。いつも笑顔で、泣きたいときに肩を貸してくれるばかりか、たいていは一緒に泣いてくれる。ただし、アガサおばの機転と、状況を即座に見きわめる能力にはかなわない。

一方、アガサおば――かつてのアガサ・フェアチャイルドで、現レディ・クロフォード――は痩せぎすで、薄くなった鉄灰色の髪と灰色の瞳の持ち主だった。そして性格はかなり偏屈だ。ミリセントおばがほほえんでいるときも、アガサおばは不機嫌そうに唇を引き結んだままだし、歩くときは、青い血管が浮かぶ手で黒檀の杖を握りしめ、君主さながらの威厳を漂わせている。ミリセントおばは、姪の結婚相手は妻を大切にしてくれる人であればいいと考えていたが、アガサおばは財産と地位、少なくともそのどちらかが必要だと考えていた――アンはずっと、恋愛結婚を夢見ていたのだが。

そしていま、アンの頭はチャス・プレストウィックのことでいっぱいだった。

彼女は階段をのぼって二階の狭い廊下を進み、着古したフランネルのローブの前をしっかりとかき合わせてこぢんまりした寝室に入った。アガサおばはまたもや倹約している――寝室では少しの石炭を一日に一度くべるだけだ。アンは寝る直前に部屋を暖めるようにしていたので、目覚めると部屋がすっかり冷えきっていることが多かった。だが、チャス・プレストウィックの記憶はそうはならなかった。

ほんとうにばかね、とアンは思った。たぶん、もう二度と会うこともないのに。そもそも、自分はチャス・プレストウィックのような人が集まるところには出かけないし、できたとしても、アガサおばがけっして許さない。

たぶん、昨夜の記憶が鮮明なのは、目新しい経験をしたからだ。レディ・クロフォードの姪が、ロンドンで間違いなくいちばんハンサムな放蕩者を、同じくらい不届きな女性の魔の手から救いだしたなんて！ 考えただけでわくわくする。アガサおばが知ったら、卒倒するだろう。それはひそかに胸に刻まれた数少ない思い出のひとつだった。何度も思い返すのは、そうした理由もあるのかもしれない。

ゆうべ、スキャントン夫人が図書室のドアをぱっと開けたときは息が止まるほど驚いた。夫人の肩越しに見えたのは、優雅に装った長身のたくましい男性。豊かな黄褐色の髪は流行の短く刈りこんだスタイルより長く、後ろで編んでうなじのあたりで結んでいる。その緑色の瞳と優雅な所作は、以前に見た、王室のために展示されていたライオンを思わせた。

彼は、その状況に一人で対処できるように思えた。それなのにどうして、頼りないミスター・デントにするように即座に助けの手を差しのべたのだろう。アガサおばの前でおとなしくしていようと自分を抑えてきた反動で、とんでもない行動に出てしまったのだろうか？　アガサおばはたぶん正しい——アン・フェアチャイルドはだれにでも長所を見つけるし、どんな議論においてもあらゆる角度から考える。アガサおばはそれを致命的な欠点と見なしていたが、アン自身はそうとは思っていなかった。

アンは震えながら衣装箪笥《だんす》に駆け寄り、その日着る服を選んだ。グレイのペリースの下には何を着たら見映えがするかしら？　しばらくのあいだ、おばへの当てつけで、ペリースの代わりに着古した茶色のマントを着ようかと考えたが、これ以上小言は言われたくない。結局、長袖で立て襟がレースで縁取られた、プラム色のカージミヤ（柔らかくて軽い上質なウール）・ガウンを選んだ。何度も練習したせいで、後ろの留め具も一人でどうにか留められる。

そう、アガサおばはチャス・プレストウィックをけっして認めないだろう。住む世界は違うけれど、おばは彼の噂を小耳に挟んでいるに違いない。その向こう見ずな振る舞いが、社交界でしばしば話題になるからだ。去年の社交シーズンでは、彼とダン・マッキノン大佐がコヴェント・ガーデンのボックス席の手すりを走って競争したことが人々の話題をさらった。彼が〈四頭立て〉社交クラブの会員になれないのは、そのクラブの会員全員が馬車の競走で彼に負けているからだという。また、戦争になるのはわかりきっているからと言って入隊をことわったという噂さえあるほどだった。

たとえその型破りな生き方を大目に見るとしても、アガサおばなら彼の出自をけっして許さないだろう。彼の母親が元家庭教師で、プレストウィック伯爵の二番目の妻であり、伯爵と結婚して半年で彼を産んだことは周知の事実だった。

「だから、望みはないのよ」アンは化粧台に座りながら、鏡のなかの自分に言い聞かせた。長い髪をブラシで梳かしながらしかめ面をし、アガサおばの声音でつづけた。「いいこと、どんなにハンサムで魅力的でも、いかがわしい生まれで財産もない次男坊に関わっている暇はないの」髪をねじって後ろで留め、鏡を見て満足した。姪の結婚について、アガサおばがお金を管理するときほど賢明でないのは残念だった。なにしろその姪は、結婚市場で大物を釣りあげるほどの容姿を持ち合わせていない。

「あなたは貴族が求めることを、何ひとつわかってないのね」アンが以前にそのことを指摘すると、アガサおばは鼻眼鏡のレンズ越しにアンをじろりと見返した。「爵位持ちの男性は好きなように楽しんでいるように見えて、結婚するときは良家のまっとうな娘を選ぶものよ。わたしたちは適切な時期を待てばいいの」

しかし社交界入りしてから三年経つが、〝適切な時期〟は一度も訪れていない。アンはむしろ、訪れないほうがいいと思いはじめていた。これまで、社交界入りした同世代のきちんとした娘たちが、ふしだらで魅惑的な女性たちと付き合っている紳士と結婚するのを目の当たりにしてきた。そんな結婚は望んでいない。姪が恋愛結婚に憧れていることを知ったら、ミリセントおばはため息をつき、アガサおばは鼻を鳴らすだろう。

そこで、クランフィールド家の図書室で見た光景を思い出した。

アンは目を閉じ、こめかみを揉んで、頭のなかからその記憶を追いだそうとした。もう恋人に求められていないことを知って涙を流していたあの女性は、暖炉の明かりを受けて金色に輝いていた。エリザベス・スキャントンは、明らかにまっとうな女性ではない。それどころかふしだらで、気に入った男性ならだれとでも寝るような女性だ。思うに、あれほど美しい女性は、評判など気にする必要がないのだろう。

アン自身も、もっと大胆ならジュリアン・ヒルクロフトよりましな男性を捕まえられたかもしれない。

そこでアンは、ぱっと目を開いて立ちあがった。空想はそこまで。自分は自分だ。そうでない女性を想像しても仕方がない。悪女になるほうが男性を惹きつけられるとしても、自分はそんな器ではないのだから。ロマンスについても――ハンサムなチャス・プレストウィックは恋に生きるのかもしれないが――自分はそういうことに縁がない人生を送るのだろう。もっと現実を見なくては。アンは念入りにガウンのしわを伸ばすと、ジュリアン・ヒルクロフトが来るまで時間を潰そうと階下に向かった。

ヒルクロフトが一時ちょうどに迎えにきたとき、アンはグレイのペリースを着て待っていた。アンは彼のことをほどほどのハンサムだと思っていたが、そこで彼をチャス・プレストウィックと比べていることに気づいて後ろめたくなった。だれだろうと、チャス・プレストウィックと比べられたら二番手になるに決まっている。

ジュリアン・ヒルクロフトは中背で、長くもなく短くもない金色の髪と青い瞳の持ち主だった。角張った顔に高い鼻、薄い唇と、アガサおばと同じくらいいかめしい顔つきだが、ほほえむと、その気むずかしげな印象が幾分やわらぐ。ただ、そんなときでも目が笑っていないのは残念だった。おそらくヒルクロフトと完全に打ち解けられないのはそのせいだろう。それでもふだんは知的で感じのよい話し相手だったから、アガサおばからは反対されていたものの、彼との友情を失う理由はないと思っていた。

「馬車で出かけるのにふさわしい装いじゃないか」ヒルクロフトはつぶやきながら、アンの手にキスした。「一月にしては暖かい日がつづいている。今日はキュー・ガーデンまで行こうと思うんだが」

「素敵ですこと」アンはそう応じてから、ベスがいないことを思い出して咳払いした。「そうなれば楽しいでしょうけど……今日はあきらめることになりそうです。侍女が付き添えなくて」顔をあげて、彼の反応を窺った。

いつものように、ヒルクロフトは表情を変えなかった。「それは残念だ。だがどのみち、二人きりで出かけてかまわないか、レディ・クロフォードに許可をいただこうと思っていた。馬車の座席も二人分しかない」

「カリクル（若者向けの二頭立て二輪馬車）を買ったんですね」アンは彼から目を離さずにつぶやいた。ヒルクロフトが少しでも下心があるようなそぶりを見せたら、玄関から一歩も外に出ないつもりだった。「おばのアガサは、あなたがエスコートしてくださるなら安心だと申しておりました」

　ヒルクロフトは眉をひそめた。「きみのおばさまがわたしのことをそんなに高く買っていたとは驚きだな。これまで、てっきり……いや、何でもない。馬を待たせないようにしないと。近場のケンジントンでもいい」

　彼は自分の二頭の芦毛のほうが、目の前にいる娘の評判より気になるようだった。なるほど現実的だ。アンは彼の後から外に出て、黒塗りの座席と銀縁の車輪を礼儀正しくほめたが、そのあいだじゅう、苛立ちを感じずにはいられなかった。

　ヒルクロフトは彼女の変化にまったく気づかないようだった。二人きりになっても、アガサおばが期待したようなロマンチックなことを言うわけでもない。彼が話すのは、自分の馬のことや、アンのおばたちが健やかに過ごしているかとか、シャーロット王女（摂政王太子ジョージの唯一の嫡出子）が亡くなったいま、王室の存続はどうなるのかといったありふれたことだった。アンは愛想よく応じていたが、チャス・プレストウィックのことが頭から離れず、ヒルクロフトに申し訳ない気持ちになった。ケンジントン・ロードを走ってロンドンの市街地を離れてからは風景を楽しもうとしたが、陽光が降りそそいでいても、景色はくすんで生気がないように思えた。

「――だれの馬車か知らないが、車輪が外れたらしい」

エメラルド・グリーンのエナメル塗装に金縁の車輪の粋なカリクルが、路肩で大きく傾いていた。幾重ものケープ付きのコートを着た焦茶色の髪の男性が、ひと組の元気な鹿毛の馬をつなぎ紐から外そうとしている。さらに近づくと、馬車の横にもう一人男性がいるのが見えた。それがチャス・プレストウィックだとわかって、アンははっとした。

ヒルクロフトは手を貸すつもりで馬車の速度を落としていたが、アンの様子を見て怪訝そうな表情を浮かべた。「あの二人と知り合いなのか？」

「ええ、その……」アンは常に生真面目なヒルクロフトにチャス・プレストウィックとの型破りな出会いをどう説明すればいいのかわからなかった。ヒルクロフトが馬車を路肩に寄せると、チャス・プレストウィックは手を振って合図した。ヒルクロフトは芦毛の手綱を引いて馬車を止めた。

「これはありがたい」馬車の傍らにいたチャスが、金髪を陽光にきらめかせながらヒルクロフトに声をかけた。こちらもオリーブ色系のチェックのツイードで仕立てた、幾重ものケープ付きコートを着ている。頬が赤くなっているのは、しばらく外にいたせいだろう。彼をひと目見ただけで、アンの胸は意外なほどどきどきした。彼が先日会ったことを憶えているかどうか――憶えていてほしいのか、アンにはわからなかった。

「厄介なことになってしまってね」チャスはつづけた。「できれば——」そこで彼はアンに目をやって、整った顔をぱっと輝かせた。「おやおや、わが天使《エンジェル》じゃないか！　きみが助けにきてくれるとは思わなかった」

アンの胸は喜びでときめいたが、その喜びはヒルクロフトの険しい顔を見てたちまち消え去った。「知り合いなのか、ミス・フェアチャイルド？」

アンは最小限のことだけ話すことにした。「ええ。ミスター・チャールズ・プレストウィック、あなたにミスター・ジュリアン・ヒルクロフトを紹介しても？」

チャスの正式な名前がチャールズであることを祈った。それ以外に、愛称がチャスになる名前を知らない。

ヒルクロフトがかろうじて会釈すると、チャスは一礼して言った。「よろしく。見事な馬車をお持ちだ」

ヒルクロフトがわずかに表情を緩めたので、アンはほっとした。「それはどうも。最近買ったんです。ふさわしい乗り物がほしかったもので」

チャスは傍らの車輪をぽんぽんと叩いた。「たしかにふさわしい。ただ、その馬はどうかな」

「いま……何と？」ヒルクロフトは面食らって聞き返した。

アンはチャスに首を振って目配せした。助けを求めたいなら、やり方が間違っている。だがチャスは友人に合図し、ヒルクロフトの馬を外しにかかった。

「おい、何をするんだ？」ヒルクロフトは問いかけたが、チャスが気にも留めないのでアンに向きなおった。「この男はわたしの馬をどうするつもりなんだ？」

アンも同じくらい戸惑っていた。ヒルクロフトのように憤慨するべきだと頭ではわかっていたが、どういうわけか何もかもが滑稽に思える。笑いだしそうになるのをこらえて、ヒルクロフトにただ首を振った。

ヒルクロフトは鼻を鳴らして馬車から降り、二人に近づいた。肩肘張った痩せぎすの体と、チャスのたくましくしなやかな体との違いが対照的だ。ヒルクロフトが文句を言う間もなく、チャスと友人は芦毛の馬を外し、自分たちの二頭の鹿毛をつないだ。

「やめないか！」ヒルクロフトはわめいた。「いますぐ馬を付け替えろ！」

「たったいま付け替えた」チャスは落ち着き払って応じると、最後の紐を締め、自分の仕事を確認した。「きみの芦毛はいい馬だ。だが、キュー・ガーデンまでの最速記録に挑む馬じゃない」

ヒルクロフトは頭を反らして怒鳴り返した。「もちろんだ！　わたしは競走などしないからな」

「賢明な判断だ」チャスは地面の上で激昂しているヒルクロフトを尻目に、ひょいと隣の座席に乗り込んでアンを驚かせた。「きみに手綱を握らせない理由はわかってもらえると思う。わたしの馬を操れるのはわたしだけだ。しっかりつかまっていてくれ、エンジェル」

アンはまじまじとチャスの顔を見た。彼は、このまま馬車を走らせるつもりなのだ。抗議する間もなく、チャスは鼻息荒い鹿毛を押さえていた友人に声をかけた。

「よし、手綱を放してくれ、レス！」

その瞬間、ヒルクロフトは抗議の叫びをあげたが、チャスの友人はかまわず手綱を放した。アンが最後にちらりと見たのは、蒼白になったヒルクロフトの顔だった。恐怖とも怒りともつかない表情――次の瞬間、馬が一気に駆けだした。

アンは上流階級の一部の人々が遊びで馬車の速さを競うことは知っていたが、これほど速く走らせるとはついぞ知らなかった。木々や家々、そしてほかの馬車があっという間に後ろに飛び去って、いま見たものを認識する暇もない。逃げる隙はなかった。この速度で馬車から飛びおりたら死んでしまう。心臓が馬の蹄の音と同じくらい激しく脈打っていた。風が吹きつけ、ボンネットのリボンがピシリと頬に当たる。それをつかもうとした拍子に、ボンネットが風に煽られて後ろに吹き飛んだ。まとめてあった髪がほどけ、解き放たれて風になびいた。

馬車はカーブで傾き、左側の車輪を浮かせて走った。アンは地面が自分に向かってくるのを恐怖のまなざしで見つめた。チャスが巧みな手綱さばきで馬の向きを変えると、カリクルはふたたびドスンと着地して二輪走行に戻った。アンは恐怖をのみこみ、キッドの手袋越しに関節が突きだすほどサイドボードを握りしめた。

「あと少しだ、エンジェル」風を切る音の合間にチャスの声が聞こえた。それから彼はウィンクし、初めて気づいたように眉をひそめた。「気分が悪いのか？　もっと強い人だと思っていたんだが……。気を楽にして、楽しむんだ」

楽しむですって？　本気で言ってるの？

カリクルは前方にいた荷馬車をかすめるように抜き去った。怯えた馬が背後で嘶いている。だが飛ぶように街道を駆けるうちに、アンはしだいにわくわくしていた。風のように走るのがこんなに気持ちいいなんて。男性が馬車で速さを競う理由が少しわかる気がした。

「何の記録を破ろうとしているんです？」風と蹄の音が響きわたるなかで、アンは声を張りあげて尋ねた。

「二頭立てのカリクルの最速記録だ。キュー・ガーデンまでの」チャスがどなり返した。「ピーターズバラ卿とわたしは、去年の社交シーズンに五十五分の記録を打ち立てた。ナイツブリッジから、具体的には〈馬とガーター〉亭までだ。記録更新がほぼ確実というときに、車輪が外れた」

「いまはどのあたりに？」

チャスが答える前にカリクルの車輪ががくりと轍にはまり、勢いよく跳ねた拍子にアンの両手がサイドボードから離れた。革張りの座席を滑ってチャスにぶつかった彼女は顔を赤くし、慌てて座席の反対側に座りなおした。

「ミス・フェアチャイルド」チャスは手綱をピシリと鳴らしながら、意地悪い笑みを浮かべてアンをなじった。「わたしに飛びかかるのをやめてくれないか。そんなにわたしの貞操がほしいのか」

「まさか」アンはかろうじて言い返した。「あなたに貞操などないことは、社交界で周知の事実のようですけれど」

チャスは笑っただけで、さらに馬を急がせた。

アンは顔にかかる髪を振り払った。緊張でどうかしてしまったのだろう。ほかの男性を相手に、ここまで大胆になったことは一度もない。チャス・プレストウィックといると、どうしてこんなにも自由な気持ちになるのだろう。

それからほどなく、宿屋の中庭に滑りこんでチャスが手綱を引いたとき、アンは少し残念な気持ちになった。世界は元に戻り、カリクルは止まった。アンはほっと息をつき、サイドボードから手を放した。そして隣でにんまりしているチャスにほほえみ返した。

「キュー・ガーデンにようこそ、エンジェル」チャスが言った。「遠乗りを楽しんでくれたかな」

2

チャスがミス・フェアチャイルドの愛らしい笑顔に見とれていると、宿屋のドアがバタンと開き、コート姿の六人の紳士が、元気いっぱいの子犬のようにわっと中庭に飛びだしてきた。

「五十一分だ、プレストウィック！」だれかが叫んだ。「やったぞ！」

「自分の記録を塗り替えたな！」ほかの紳士が割って入る。

「だが見ろよ、馬車が違う！」三人目が叫んだ。

「おまけに相棒もレスリーじゃない」別のだれかがミス・フェアチャイルドを指さした。

チャスはミス・フェアチャイルドが顔を赤くするのもかまわず、座席の上で立ちあがり、静かにするよう両手で合図した。「諸君、レディの前で恥をかかせないでくれないか。詳しいことは後で話す。いまは諸君の手助けが必要だ」

友人の一人がカリクルの踏み段に片足をかけ、ミス・フェアチャイルドの顔を覗きこんだ。ワインのにおいに気づいて、ふだん冷静なミス・フェアチャイルドが、不安をあらわにして体を引いている。

「その娘にならし、喜んで手を貸そう」彼はミス・フェアチャイルドを横目で見ながら言った。

チャスはむっとして、友人を押しのけた。「勘違いするんじゃない。さっき〝レディ〟と言っただろう。レスリーと、こちらのレディの同行者が、ここに来る途中、わたしのカリクルを置いてきたところにいる。だれかそこに行って、二人を連れてきてくれないか」

いっせいに不満をあらわにした仲間たちをどうにかなだめ、ミス・フェアチャイルドに大丈夫だと言うようにほほえんでカリクルから飛びおりた。仲間たちに囲まれながら目の端で様子を窺うと、彼女は座ったまま、まっすぐ前を見ていた。こちらが見ていることには気づかない様子で、寒さに震えている。

チャスは仲間の一人に頼んで、宿屋にホット・チョコレートを取りにいかせた。勇敢な女性だ。もし母を同じことに付き合わせたら、到底耐えられないだろう。大胆なリザでさえ、寒くてがまんならないと言いだすか、気づかいが足りないなどと文句を言うはずだ。こんな女性にめったにお目にかかれないのは残念だった。もう少しまっとうな男なら、彼女と結婚したいと思うかもしれない。

友人が持ってきたカップがあまりきれいではなく、片側が欠けているのを見て、チャスはミス・フェアチャイルドを建物のなかに連れていっていいものか迷った。彼女はホット・チョコレートをすすりながら、彼がほろ酔い機嫌の面々に役目を割り振るのを見守っていた。うち二人は鹿毛の馬を馬車から外し、ブラシをかけてもらえる場所に連れていった。残りはレスリーとヒルクロフトを迎えに行くために、馬車の準備に取りかかっている。そのあいだじゅう、チャスはちらちらとミス・フェアチャイルドに目をやって、彼女をどうしたものかと考えた。ミス・フェアチャイルドは彼の視線に気づくたびにうれしそうにしている。おそらく、こんなふうに気を配られたことがないのだろう。

彼女がまたぶるっと身震いするのを見て、チャスの心は決まった。宿屋に入って主人と手短に話をつけ、いちばん身ぎれいなメイドを選び――ブライズという若い娘だった――一緒に馬車に戻った。

チャスが一礼すると、ミス・フェアチャイルドは驚いたようだった。「お嬢さん、こちらのブライズというメイドを紹介しても？　ブライズ、きみはいまから、こちらのレディの侍女として働いてもらう」

メイドはミス・フェアチャイルドをまじまじと見つめた。「ご冗談を」ブライズは黒い巻き毛を薄汚れたモブキャップに押しこみ、豊満な胸を同じく襟ぐりの開いたモスリン・ドレスに押しこんだ小柄で魅力的な娘だった。彼女が敬意のようなものを込めてミス・フェアチャイルドを見あげるのを、チャスはほほえましく見守った。ミス・フェアチャイルドも目を見開いてメイドを見返している。

「冗談なものか」チャスはポケットから金貨を一枚取りだし、メイドの手のひらに押しつけた。「ブライズ、こちらのお嬢さんがここにいるあいだ付き添って、何ひとつ不自由のないようにするんだ。そしてもし、お嬢さんを不躾に見ている男がいたら、すぐわたしに知らせろ。もう一枚金貨をやる」

「仰せのとおりにします、旦那さま」ブライズは金貨が本物かどうかかじってたしかめると、ドレスの胸元に押しこんだ。「あちらにおいでの紳士は、ちょっとばかり下心がおありのように見えますが」

チャスとミス・フェアチャイルドが振り向くと、チャスの友人の一人がこちらを見ていた。たしかに、少しばかりミス・フェアチャイルドに興味があるように見える。友人は慌てて目を逸らした。

「その調子だ、ブライズ」チャスはうなずいて、ブライズにもう一枚金貨を渡した。「わたしはあるじのボーモントに話がある。きみはこちらのお嬢さんを個室に案内してくれないか」

ミス・フェアチャイルドに手を差しのべると、彼女はその手を取り、彼の体をかすめながら馬車を降りた。チャスと付き合ってきた女性の多くは、彼の気を引こうとわざとそうしたものだが、彼女はただ動きがぎこちないだけのように見えた。

「こんなことまでしていただかなくても結構です」彼女は口ごもった。

「いや、そういうわけにはいかない。きみはきちんとしたレディなのだから、こちらもそういう女性として接するつもりだ。きみの同伴者とも、すぐに合流できるようにする」

彼は、ミス・フェアチャイルドがブライズに案内されて宿屋に向かうのを見送った。

しばらくして宿屋に入ったチャスは、ミス・フェアチャイルドとブライズがいる個室で仲間たちを見つけた。宿屋の主室は暗くて薄汚かったが、温もりのある羽目板張りの個室はなかなかいい感じで、石造りの暖炉に赤々と炎が燃えていた。ブライズはミス・フェアチャイルドのペリースを脱がせ、彼女を暖炉のそばのソファに座らせて、パンや肉やチーズを盛った皿から食べ物を取り分けていた。ミス・フェアチャイルドは髪をなんとか後ろにまとめて結っていたが、自然におろしているほうがいい。

　部屋に押しかけた仲間たちが、見たところ適切な距離を保って行儀良くしているのを見ても、彼は驚かなかった。ブライズの任務を知った彼らは、それならと、こっそりミス・フェアチャイルドの気を引こうとしている。ミス・フェアチャイルドが笑えば成功だ。

「とくに問題はないか？」仲間たちのなかに入る前に、チャスはブライズに尋ねた。

「みなさん、見たこともないほど礼儀正しい方々で」ブライズは顔をしかめて答えた。「なれなれしくしようとする方は、ただの一人もいません」

　チャスは満足して、二人の友人のあいだに体を割りこませた。

　ミス・フェアチャイルドは彼が部屋に入ってきたときに気づいたようだった。彼が座るのを見て、また顔を赤くしている。チャスは彼女が友人たちとうまくやっていたのでうれしくなった。大した娘だ。第一にリザをうまくあしらい、それから馬を走らせているあいだじゅう、午後のお茶を飲んでいる公爵夫人のように落ち着いて座っていた。そしていまはこの薄汚い宿屋でちやほやされている。初めて競走に挑戦したときはこんな感じだったというハーバート・マールストロムの長たらしい話に耳を傾けながら、彼女は怪訝そうにこちらをちらちらと見ていた。警戒させるつもりはないのだが、見つめずにはいられない。まるで蛾が炎に引き寄せられるように、彼女に目が吸い寄せられていた。

マールストロムの話が終わると、ミス・フェアチャイルドは心からおかしそうに笑った。その瞬間、思いがけないほど激しい嫉妬に駆られたが、彼女が笑ったのは丸顔で不細工なマールストロムが気に入ったのではなく、緊張しているせいだと自分に言い聞かせた。彼はそれから、ミス・フェアチャイルドにさらに近い場所に移った。

「楽しそうでよかった」声をかけると、ミス・フェアチャイルドはほほえみ返した。友人たちがじっと見守るなかで、彼だけにほほえんでくれたように思える。

「おかげで、愉快なみなさんと知り合えました」ミス・フェアチャイルドは、揃ってにんまりしているチャスの友人たちを見まわしながら言った。「楽しいに決まってますわ」

「いいや、わたしはおもしろくない」チャスの隣でマールストロムが鼻を鳴らした。「どういうつもりだ、プレストウィック？　最高級のダイヤモンドをこっそり隠しておくとは。卑怯だぞ」

ほかの友人たちもいっせいにしゃべりだしたので、ミス・フェアチャイルドはふたたび顔を赤くした。

「諸君！」チャスは笑いながらさえぎった。「いちばん文句を言いたいのはわたしだ。何しろきみたちがこちらのレディと過ごしているあいだ、わたしはずっと吹きさらしのところにいたんだからな」

ミス・フェアチャイルドはたちまち心配そうな表情を浮かべた。「凍えていませんか？　まだ熱いお茶があるはずです」

ほんとうに心がきれいな人だ。「いいや、きみと過ごすだけで冷えた体が温まる」

「ほう、言ったな」ボーモントが突っこんだ。さっきチャスからはぐらかされたのが、まだ不満らしい。「今後のために憶えておこう」

友人たちと一緒にミス・フェアチャイルドが笑ったのは意外だった。だがマールストロムはあきらめなかった。

「笑いたければ笑え。だが、紹介はしてもらおう」

ミス・フェアチャイルドは即座に真顔になった。それどころか、明らかに不安そうな表情を浮かべている。訴えるようなまなざしで見あげられたチャスは、彼女の名を明らかにしないですむ手だてをいくつか思いついた。

それに、どのみち彼自身も、ミス・フェアチャイルドのファースト・ネームを知らない。

　そのとき、ドアがバタンと開いた。チャスと仲間たちが振り向くと、ジュリアン・ヒルクロフトがつかつかと入ってきて、部屋の真ん中で立ち止まった。肩で息をしている。ミス・フェアチャイルドは彼を見て立ちあがった。ヒルクロフトの髪は乱れ、青い瞳は氷のように冷たい光を放ち、全身が怒りでこわばっていた。ミス・フェアチャイルドが青ざめるのを見て、チャスは立ちあがり、彼女を守るように前に動いた。

「ここにいたのか！」ヒルクロフトはチャスを指さして怒鳴った。「叩きのめしてやる！」

　チャスは以前にも、こんなふうに怒り心頭に発した男を相手にしたことがあった。こんなときは、まず相手をなだめ、理性的な話し合いを試みることだ。彼はミス・フェアチャイルドから離れ、怒りくるったヒルクロフトと向き合った。

「まあまあ、気持ちはわかる。たしかにわたしは横暴だった。何もかも元どおりにすると約束する」

「当然だ！」ヒルクロフトはわめいた。「よくも馬車を盗み、わたしを寒いところに置き去りにしたな！　ニューゲート監獄に叩きこんでやる！」

理性的に相手をするのはここまでだ。チャスは冷ややかに一礼した。「それはきみに任せる。ただ、厩を見てもらえばわかるはずだが、馬車は無傷だ。それ以外に時間を無駄にしたり、何らかの不利益を被ったりしたのなら、喜んで補償しよう」

ヒルクロフトは肩の力を少し抜いた。チャスは自分のほうが有利だとわかっていたが、相手の態度が気にくわなくて、背を向けながらひとこと言わずにはいられなかった。「もっとも、わたしがきみなら、馬車よりこちらのレディが無事だったか心配したと思うが」

これを聞いたヒルクロフトはふたたび何やら口走ったが、チャスは聞き流した。見ると、ミス・フェアチャイルドが呆然としている。それがヒルクロフトのせいなのか、自分のせいなのかはわからなかったが、チャスはますます彼女を守りたいと思った。

「もし差しつかえなければ、家まで送ろう」チャスは彼女の手を取って唇を近づけた。

震えている？　チャスが確信する間もなく、ミス・フェアチャイルドはそっと手を引き抜いた。ちらりと悲しげな表情を浮かべたのは、やはりヒルクロフトが彼女の安否を尋ねようとしなかったからだろうか。それから、彼女は気づかわしげにヒルクロフトに近づいた。見あげたものだ。こんな状況で、このチャス・プレストウィックよりはるかに寛容に振る舞っている。

「いろいろとありがとうございました、ミスター・プレストウィック」彼女は言った。「ですが、わたしには同行者がおりますので」

ヒルクロフトは冷ややかに彼女を見おろした――ミス・フェアチャイルドが忠誠心を示したにも関わらず。そしてふたたびチャスを見たその顔には、得意げとしか言いようのない表情が浮かんでいた。チャスはその悦に入った顔を叩きのめしたい衝動に駆られた。

しかし、彼女は決断したのだ。チャスはふたたび一礼すると、先に部屋を出るよう二人に促した。そしてミス・フェアチャイルドがヒルクロフトと宿の主室に向かい、ブライズから上着を受け取るのを見守った。

「もうお帰りになるなんて残念です」ブライズはミス・フェアチャイルドがペリースの紐を結ぶのを見守りながら言った。「差し出がましいことを言うようですが、選ぶ殿方を間違ってらっしゃいますよ」

ミス・フェアチャイルドがブライズに礼を言うのを見て、チャスはひそかにほほえんだ。これでいいのだ。きちんとしたレディは、チャス・プレストウィックのような者とひんぱんに関わるべきではない。

　二人が出発するとき、レスリーが厩のほうから走ってきた。彼は足を滑らせながら止まり、馬車に向かうヒルクロフトとミス・フェアチャイルドに一礼した。

「すまない」レスリーは声をひそめてチャスに謝ると、ヒルクロフトが頭を反らして中庭を横切るのを見つめた。「止めようとしたんだが、逃げられてしまった。馬車のことばかり気にしていたから、まっすぐ厩に向かったとばかり……。だが、どうやらほかのものを先に取り戻したかったらしい」

「あのレディはやつのものじゃない」チャスは自分の激しい口調に少し驚いた。

　レスリーも同じように思ったのだろう。茶色の目が訝しげに細められている。彼はヒルクロフトたちの後ろ姿にふたたび目をやった。「だが、ほどなくきみのものになる？」

「それはない」チャスは苦笑いを浮かべた。「彼女は手の届かない人だと、ずっと自分に言い聞かせているんだ、レス。そのせいかわからないが、わたしは彼女のファースト・ネームや住所を聞くこともせずに、これまで二回とも彼女を行かせてしまった」

　厩のほうから、ヒルクロフトが厩番たちに怒鳴る声が聞こえた。チャスは顔をしかめて宿屋に向かって歩きだしたが、すぐに振り向き、戸惑い顔の友人に言った。

「だが、ひとつ言っておく。運命がほほえんで彼女とまた会えるなら、三度目の過ちは犯さない」

3

ロンドンに戻りながら、アンはため息をついた。太陽が雲に隠れて、いっそう寒くなったような気がする。それに、ヒルクロフトの馬がこれほどのろいとは思わなかった。ヒルクロフト自身も気乗りがしない様子で、ぎこちなく座ったまま、会話をしようともしない。彼の冷ややかな顔をちらりと見たアンは、ぞくりとすると同時に少し後ろめたくなった。

今日はとても楽しい一日だったが、ヒルクロフトの自尊心がどんなに傷ついたかと思うと、そう感じるのは間違っている気がした。何しろ新しい馬車を競走に使われ、彼自身は置いてけぼりを食わされたのだから、同乗者のことを考える余裕もないほど激昂して当然だ。ヒルクロフトにとっては悪夢でしかなかったろう。だがアンにとっては、またもや大切にしまっておきたい思い出のひとつとなった。チャスと彼の友人たちは、ありのままの自分を受け入れてくれた気がした。社交の集いに出かけるたびに、そう感じられたらいいのに。

彼女はそこで、アガサおばのことを思い出した。もしおばに今日の冒険のことを知られたら、どんな代償を払う羽目になるやら。少なくとも、また別の厄介な場面に耐えなくてはならないし、それは到底平穏ではすまないだろう。さらにアガサおばは、姪の評判を守るふりをして、ヒルクロフトと強引に結婚させようとするかもしれない。そう思って、アンはさらにぞっとした。ヒルクロフトさんに、秘密を守るように頼めないかしら？

「今日はどうなることかと思いました」アンは彼の気持ちを探ろうと話しかけた。

「まったくだ」ヒルクロフトの横顔はこわばったままだった。「わたしに聞こえるところで、その話は二度としないでもらいたい」

吐き捨てるように言われて、アンはたじろいだ。自尊心を傷つけられたせいだけでなく、ほかにも何か気に入らないことがあるのかしら？　嫉妬しているとか？　それはない。

「もちろんですわ、ミスター・ヒルクロフト」アンはつとめて明るく応じた。「あなたも同じように、その話をしないでくださいますわね」

ヒルクロフトは意外そうにちらりと彼女を見ると、ふたたび馬に目を戻した。

「きみはむしろ、楽しんでいるものと思っていたが」

アンは慎重に言葉を選んだ。彼を苛立たせているものが何であれ、これ以上悪化させるのはまずい。「馬を全速力で走らせているときのあの感覚には、多少なりとも人を夢中にさせるものがあると思います。だれもけがをしなかったのは幸いでした」

「そう、そのとおりだ」ヒルクロフトは意を決したようにぐいと顎をあげた。「ひとつ言わせてもらうが、ミス・フェアチャイルド、ミスター・プレストウィックは一点だけまったく正しかった。わたしはきみが無事かどうか、もっと心配するべきだったんだ。きみのような良家の娘が、プレストウィックのような堕落した輩と二人きりになるとは……。良からぬ評判が立ったら、取り返しがつかなくなってしまう。もちろん、わたしのことは信頼してくれてかまわない。今日の出来事は口外しないから」

「ありがとうございます」アンはかろうじて礼を言った。ああ、自分が男だったら、この人をただではおかないのに！　さっきまで後ろめたく思っていたのは間違いだった。この人には罪悪感などない。さもなければ、ここまで無頓着に人を傷つけるようなことは言わないはずだもの。チャス・プレストウィックのことを、紳士にはほど遠い人間だとほのめかすなんて！　そしてアン・フェアチャイルドが、みずからの評判を傷つけるような行動に出ると思っているなんて。

宿屋に入ったときから付き添い《シャペロン》がなかったわけではないでしょう？――たとえそれが、ブライズのように不慣れな者だったとしても。それに、部屋にいた紳士たちはみな礼儀正しかった。この人に馬車で競走する勇気があったなら、ミスター・プレストウィックには女性を慰み者にする以外に考えていることがあるとわかったはず……。ヒルクロフトの顔から独りよがりな笑みをはたき落としてやりたかったが、アンはそうする代わりに沈黙をつづけた。おばたちに秘密を知られないようにしなくてはならないし、そうするには彼に口を閉じておいてもらうしかない。

だからクロフォード邸に戻るまで、大人しく座って礼儀正しい会話をした。馬車が到着し、雑用係を兼ねた従僕のヘンリーが屋敷から飛びだしてきたときも、ヒルクロフトの手を借りて馬車から降りるようにしたくらいだ。彼がさらに付いてこようとしたので、アンは毅然とした態度で彼を押しとどめた。

「ミスター・ヒルクロフト、今日の顚末からして、わたしがお茶をご一緒する気分でないことはおわかりいただけるはずです」

ヒルクロフトは目をしばたたいたが、表情にそれ以外の変化はなかった。「もちろんだとも、ミス・フェアチャイルド。また日を改めるとしよう」彼は一礼すると、傲然と頭を反らして馬車に戻った。傷ついたのならいい気味だと、アンは思った。

そして後ろめたい気持ちを抑えて、彼はそれだけのことをしたのだからと自分に言い聞かせた。

でも、このままでいいのだろうか。アンはふたたび振り向いたが、ヒルクロフトのカリクルはもう走りだしていた。彼女はため息をつき、ヘンリーの後から屋敷に戻った。

そして居間の窓辺から、カリクルがセント・メリーズ・サークルの公園の角を曲がって消えていくのを見送ったところで、アガサおばが今日の遠出に期待していたことを思い出した。まさにいま、当のおばが杖を突いて歩いてくる音が聞こえる。アンは暗くなりはじめた戸外から目を逸らし、礼儀正しく、だが自分の気持ちをはっきり伝えようと決意した。

「今日はどうだったの？」アガサおばが戸口に現れて尋ねた。

「ミスター・ヒルクロフトは、期待したような方ではありませんでした」曖昧な報告で切り抜けられることを祈った。「おばさまの言いつけどおり、今後は訪問をやめていただくようお願いしましたわ」さあ、上手に言えた。アンはしおらしくうつむきながら、さりげなくおばの反応を窺った。

アガサおばは苛立ちもあらわにため息をつくと、足を引きずってアンの向かいにあるソファに腰をおろし、しかめ面で姪を見あげた。

「それで、これからどうするつもり？」

アンにとって、その質問は想定内だった。おばは何カ月も前から口うるさく言ってきた。どうやってもっとふさわしい男性の気を引くつもり？　どんなふうに求婚を促すつもりなの？　いつになったらまともな夫を見つけるの？

「ほかにどうしようもありません」アンは力なく肩をすくめた。「この冬はもちろん、社交シーズンの季節になるまで努力をつづけるしか……」

「そのとおりよ」アガサおばの瞳がきらりと光った。「もっとがんばりなさい。今年の社交シーズンが終わるまでに結婚予告を聞きたいものだわ」

アンはため息をついた。「アガサおばさま、わたしにできることは限られていますよ。男性に興味を持ってもらわなければ、求婚を促すこともできません」宿屋でチャスとその仲間たちが彼女のまわりに集まり、頰を紅潮させて楽しそうに過ごしていたときの光景が頭に浮かんで、アンは笑いを嚙み殺さなくてはならなかった。もっときちんとした場所で、男性にあんなふうに興味を持ってもらえたらいいのに。

舞踏会では気が引けて、いつも場違いな場所にいるという気がしてならなかった。ほかの娘たちは、みな自分よりずっと優雅で、落ち着いていて、振る舞いも魅力的だ。よくある男女の浮わついたやりとりも、彼女たちは上手だった。自分を訪問してくれる男性がヒルクロフトとモーティマー、そしてゴッドバートの三人だけになるのも無理はない。アンは不意に心許なくなった。自分はほんとうに、そんな社交シーズンをまた過ごしたいと思っているのだろうか。

アガサおばは彼女の言葉を聞き流さなかった。「とにかく、良さそうな方がいたら積極的になりなさい。今度シュロの鉢植えの陰に隠れていたら、承知しませんよ。それから、ミリセントとひと晩じゅうカード・ゲームができるなんて思わないで。これまで、あなたを甘やかしすぎたわ。今後は、わたしの言うとおりにするのよ」

アンはいつもの話を聞かされて、懸命に苛立ちをこらえた。ひとまず同意だけしておけば、後でうまいやり方を思いつけるかもしれない。それに心の奥底では、アガサおばが正しいとわかっていた。何かを変えなければ結婚はできない。「はい、アガサおばさま」しまいにもごもごと返事した。

「当面、社交の集いにあまり期待できなくて残念だわ」アガサおばはそう簡単には解放してくれそうになかった。アンはつとめて殊勝な表情を保った。「――二週間後のバミンガー家の舞踏会まで、何か予定はあったかしら?」

アンは首を振りかけて思い出した。アガサおばがいかにも却下しそうな招待状が一通来ていた。試してみる価値はある。

「実は、ミスター・モーティマー・デントからレディ・バジェリーの詩の朗読会に誘われているんですが……」朗読されるのがモーティマーの詩であることは、あえて付けくわえなかった。かわいそうなモーティマーが、次に訪問したときにアガサおばからけなされることだけは避けなくてはならない。初めて人前に出ることで緊張しているときならなおさらだった。

「あなたも知ってのとおり、ミスター・デントに用はないの」アガサおばが鼻を鳴らしながら言ったので、アンは肩を落とした。「でも、レディ・バジェリーは――」アガサおばはしばらく考えてつづけた。「――人脈が広いことで有名だわ。しかるべき紳士が何人もいらっしゃるんじゃないかしら。いいわ、行ってらっしゃい」

「ありがとうございます」アンはほかに言いたかったことを全部のみこみ、そそくさと部屋をさがった。

二時間のあいだに二度も、思いきり言い返してやりたい相手に礼を言わなくてはならないなんて。こんなとき、アガサおばよりミリセントおばに似ている自分がいやになる。

それからの数日は、ジュリアン・ヒルクロフトがお茶の席にいないことを除けば、ふだんと同じように過ぎていった。ヒルクロフトの怒りはまだ収まっていないのだろう。彼と顔を合わせずにすんでアンはほっとしていたが、ほんとうのことを言えば、時間の進み方が遅くなったような気もしていた。馬車を思いきり走らせたあの晴れた日は遠ざかり、いつもの寒々とした灰色の冬の日にさらに分厚い霧が立ちこめて、室内に閉じこもるしかなかった。

ときおり、ほかの男性や友人が訪ねてきたが、アンの気持ちは晴れなかった。〈馬とガーター〉亭での出来事を、どうしても思い返してしまう。そして、チャス・プレストウィックに二度と会えないと思うと、なおさら気が滅入った。詩の朗読会を楽しみにしていたのは、そんな気分から解放されたかったからだ。

モーティマーは朗読会が始まる一時間も前に迎えにきた――レディ・バジェリーの邸宅は、一マイルも離れていないメイフェア地区にあるというのに。二人には、ミリセントおばが付き添いとして同行することになっていた。階段をおりたアンは、モーティマーが服装にかなり気を配っていることに気づいた。

モーティマー・デントは長身のぶきっちょな若者で、いつもは案山子《かかし》さながらに麦わら色の髪が四方八方につんつんと突きだしている。それが今夜は、ポマードできちんと撫でつけられていた。黒の夜会服は仕立てが良く、ひょろりとした体が貧相に見えないよう、詰め物が施されている。白いシルクの首巻き《クラヴァット》の結び方も完璧だ。

「その見た目どおり、中身も落ち着いているのかしら？」おばより先に玄関広間におりてきたアンは、彼に尋ねた。

広間の鏡でわが身をつぶさに観察していたモーティマーは――そばに控えていた従僕のヘンリーが、愉快そうに見守っていた――アンの声に飛びあがって振り向いた。その拍子に小脇に挟んでいた羊皮紙の束が落ち、黒と白の大理石のタイルの上に散らばった。アンとヘンリーが手伝おうとひざまずいたが、モーティマーは自分で慌てて拾い集めた。

「いいんだ、ぼくがやる」彼は息を切らして言うと、アンに手を貸して立ちあがらせた。アンは笑いを噛み殺した。

「さっきの質問の答えはもうわかったわ、ミスター・デント。今夜わたしが行って、ほんとうにかまわないのかしら？　気が散るかも」

「いいや、ぼくなら平気だ」モーティマーは口ごもった。「どうせならきみも来たらどうかと思って」

アンは少しがっかりした。今夜が彼にとって大切なのはわかっている。けれどもどういうわけか、彼が行くならアン・フェアチャイルドも連れていくべきだと思っていた。チャス・プレストウィックならどう反応するだろう。たぶん、『きみのせいで気が散るなら望むところだ』などと言うのではないだろうか。

そして彼なら、アンが装いに心を砕いたことにも気づいただろう。ラベンダー・シルクのすっきりしたガウン――ボディスと裾のフリルにフランス製のレースが重ねられている――が自分の灰色の瞳に合うことを、アンはよく知っていた。アガサおばのアメシストの首飾りをつけた自分は、とびきり素敵なレディに見えるかもしれない――だれかが気づいてくれたらいいのに。

モーティマーはミリセントおばに挨拶しようと振り返った。ミリセントおばもぽっちゃりした体に紫色のガウンをまとい、同じ色の羽根つきターバンを頭に巻いて着飾っている。アンはそんなモーティマーを見て、彼とチャス・プレストウィックのような比類ない男性を比べたことをまたしても後ろめたく思った。

三人はモーティマーの馬車で出発したが、三十分後にバジェリー家のタウンハウスに着くころにはアンの苛立ちは限界に達していた。ミリセントおばはバジェリー卿がどれほどホイスト（カード・ゲームの一種）が上手か、だれにともなくしゃべりつづけていたし、暗くてほとんど字が読めないのに、モーティマーは詩を書きつけた羊皮紙をめくりつづけている。今夜の集いが、モーティマーが信じこまされていた〝内輪の集まり〟ではなかったという事実は助けにならなかった。アンは御者の腕につかまって馬車から降りると、笑顔を浮かべ、試練が終わるまでその笑みがどうにか顔に貼りついていることを祈った。

バジェリー卿夫妻の屋敷は、宮殿さながらの建物だった。正面玄関は二階建てのポーチ付きで、両翼の端から端までが広場の一辺に接している。その壮麗な建物に、アンは気圧《けお》されるばかりだった。モーティマーの腕につかまった彼女は、ミリセントおばにつづいて石段をのぼり、明るく照らされた玄関広間に入った。

大広間に案内されると、アンはさらに気分が悪くなった。暖炉がふたつ、シャンデリアが三つ、ソファが少なくとも八台置いてある巨大な空間だ。しかも、揃いも揃って彼女より美しく装った貴婦人と、黒ずくめの正装に身を包んだ紳士で混雑している。彼女が着ているラベンダー色のドレスは、周囲の色鮮やかなサテンと上品なアイボリーのなかでひどく目立っていた。じきに笑顔が引きつって、頬が痛くなった。

「そこにいたのね！」レディ・バジェリーが三人の前に現れた。この館の女主人にいかにもふさわしい、銀髪と見事な胸の堂々とした貴婦人だ。「バジェリー卿からあなたが到着したと聞いて、今夜初めてほっとしたわ。さあ、このささやかな夜会の盛り上げ役になってちょうだい！」

「レディ・バジェリー」モーティマーは紙の束を大事そうに抱えたまま、ぎこちなくお辞儀した。「ミス・アン・フェアチャイルドを紹介しても？　彼女のおば、ミリセント・フェアチャイルド夫人のことはすでにご存じかと思いますが」

「ええ、もちろんですとも」レディ・バジェリーは二人に軽く会釈すると、モーティマーの腕に両腕をまわした。その拍子に、紙の束がまた床に落ちそうになる。「ちょっとこの子を連れていってもかまわないかしら？　紹介したい方が大勢いるのよ」

「ぼくが盛り上げ役だなんて――」モーティマーは言いかけたが、最後まで言う前にレディ・バジェリーに引っ張られていってしまった。

「ミスター・デントにあんなに目をかけてくださるなんて」ミリセントおばがにっこりして言った。「考えてもみて、アン。わたしたちは今夜、イギリス国内でも指折りの偉大な詩人の誕生を目にするかもしれないのよ」

「誕生するどころか、死んでしまうかも……」アンはモーティマーを見守りながらつぶやいた。モーティマーときたら、だれかに紹介されるたびに、ますます青ざめている。何か救いの手を差しのべたいところだが、いまは広間の向かいからほほえみかけるしかない。そうこうするうちに、レディ・バジェリーはモーティマーを王族公爵の前に引っ張りだした。

「アガサの言うとおりね」ミリセントおばはアンと人混みのなかを進みながら、だれか知り合いはいないかと探した。「レディ・バジェリーはたしかに最高の方々と知り合いのようだわ。もっとも、そうした方々は、ほとんどあちらのほうにいらっしゃるようだけれど」おばが目くばせしたのは、広間の壁のなかほどにある両開きの扉だった。アンが目をやると、優雅に装ったひと組の男女が、ちょうどドアの向こうに滑るように入っていった。

「カード室じゃないかしら」ミリセントは怪訝そうにしているアンに言うと、大げさにため息をついた。「ホイストで、バジェリー卿ほど意地悪な手を使う方はいないわ」

「わたしもあちらにお供しましょうか、ミリセントおばさま?」アンはこの場を逃げだしたがっていることを悟られないように尋ねた。

ミリセントは彼女の肩をそっと撫でた。「いいえ、もちろんだめよ。ミスター・デントの初舞台なのに、あなたを連れだすわけにはいかないでしょう。それに、あなたから目を離さないとアガサと約束したの。ところで、どこかに座れたらいいのだけれど」

アンはさりげなく周囲を見まわした。だれかとたまたま目が合っても、さっと視線を逸らされて、いたたまれない気持ちになるばかりだった。それでもあちこち探して、ようやくカード室の向かいの壁際に九番目のソファを見つけた。だれかに先に座られる前に、ミリセントおばを何とかそこへ連れていった。

「まあ、いい場所に座れたわね」ミリセントおばは豪華なブロケード・サテン張りのソファに腰をおろした。「知り合いを見つけるのに最高の場所じゃない？」

「知り合いがいればの話ですけれど」その言葉にミリセントが眉をひそめて振り向いたので、アンは自分の考えを胸の内にしまっておけばよかったと思った。

「もちろんいるわよ、アン。フェアチャイルド家はどこに行っても歓迎されるわ。アガサに聞いてごらんなさい。わたしたちは偉大な一族の一員なのよ」ミリセントは誇らしげに言って、周囲を見まわした。「ほら、ミスター・デントがレディ・バジェリーと腕を組んで歩いているわ。なんて気取らない方なんでしょう。あれこそ真のレディよ。ほかにも……」おばがさらに周囲を見まわすあいだ、アンはひそかに数を数えた。「ほかにも、あなたと同じ年に社交界入りしたお嬢さん――レティシア・クレムがいるわね」

「レティシア・メドウズですわ」アンは訂正して、おばの視線の先を見た。焦茶色の髪に黒目がちの美人が、近くのソファで紳士たちにちやほやされている。「昨年の社交シーズンのさなかに、奥さまを亡くされた裕福な男性と結婚した方ですわ」

ミリセントはしばらく考えこんで口を開いた。「まあ、わたしったら、うっかりしていたわ。そういえば、アガサがうまくやったものだと怒っていたわね。だれが見ても、あなたのほうがふさわしかったのに」

「だれが見てもですか？」アンは冗談めかして応じると、レティシアが思わせぶりにまばたきした二人の紳士が、彼女の使い走りをするために立ち去るのを見守った。「ご主人のミスター・メドウズには一度お会いしたことがあります。レティシアがあの方と幸せになっているといいのですけれど……。わたしならそうはならなかったかもしれません」

「そう、あなたならもっと素敵な方を見つけるわよ」ミリセントおばがほほえみながらそっと手を撫でたので、アンもほほえみ返した。おばの言葉を素直に信じられたらどんなにいいだろう。

そのときレディ・バジェリーの甲高い声が響きわたり、だれもがそちらを振り向いた。レディ・バジェリーは広間のふたつの暖炉に挟まれた場所に設置された台にモーティマーを連れていき、その上に置かれた小さなスツールに座らせ、注目を呼びかけた。客たちがあちこちで椅子やソファを見つけ、腰をおろしていく。アンの見たところ、ほかのソファは満席だが、彼女とおばが座っているソファには、二人のほかにはだれも座ろうとしなかった。

「親愛なるみなさん」レディ・バジェリーの声が広大な広間にこだました。「この方をご紹介できるなんて光栄ですわ。社交界でもっとも独創的な詩人の一人、ミスター・モーティマー・デントさんが、自作の詩を朗読してくださいます。ミスター・デント、さあ」

レディ・バジェリーは玉座そっくりの背もたれのまっすぐな椅子に腰をおろすと、モーティマーに向かって扇子で合図した。人々は静かになり、青い顔をして突っ立っている彼にそろって目を向けている。モーティマーが見るからに落ち着きを失っているのを見て、アンは息を止め、彼の作品が何かの間違いで好評を博することを祈った。成功したら、今夜の集いもどうにか耐えられるかもしれない。

モーティマーは耳障りな音を立てて咳払いすると、レディ・バジェリーに弱々しくほほえんだ。「ご紹介いただき光栄です、奥さま」言い終わる前に声がかすれて、彼はまたもや咳払いし、クラヴァットを直した。結び目がどんどん崩れている。

「では最初に、奥さまのために特別に書いた詩を朗読しましょう」

レディ・バジェリーはにっこりし、アンは指を交差させて幸運を祈った。

「題は、『最も必要なものに捧げる頌歌《オード》』です」モーティマーは片足をスツールに乗せ、反対側の手を背中にまわして格好をつけた。

もしわたしが大切なものを失ったとしても
あるいは内臓を取り去られたり
執行人に両手を切り落とされたり
眼球をえぐり取られたりしても
わたしにとってこれほど大切なものを失うことはないだろう
それはあなたもよくご存じの　わたしの勇敢な猟犬
その木立を窺う澄んだ茶色の瞳
汗と泥で湿った栗色の巻き毛
四肢の繊細な肉球
キジの血が飛び散った鼻先

その尻尾と舌には　畏敬の念を禁じ得ない
　こんな素晴らしい友に恵まれた
　　わたしほど幸運な男がほかにいるだろうか？

アンは絶望的なまなざしで、レディ・バジェリーが徐々に青ざめていくのを見守った。何人かの客が困惑や嫌悪をあらわにして顔を見合わせている。ミリセントおばはぽかんとしていた。「いま〝猟犬〟と言ったの？」

アンはすぐさま拍手した。広間のほかの場所からも、礼儀正しく拍手があがる。モーティマーはそれを称賛と受け止め、背筋を伸ばして大げさにお辞儀をした。レディ・バジェリーが押し殺した声で何か言いかけている。

「素晴らしい詩だ！」カード室の戸口から声がして、アンはぎくりとした。聞き間違いに決まっている。だが首を伸ばして人混みの向こうを見ると、チャス・プレストウィックが戸口にもたれて笑みを浮かべていた。

彼は全員の視線を集めていることを承知で広間のなかほどに颯爽と進みでた。アンの胸は一瞬ときめいたが、人混みのなかにいる自分に彼が気づくはずはない。

隣にいたミリセントおばも、彼を見ようと身を乗りだしていた。「どなた？」おばはアンにささやいた。

アンが答える前に、チャスが口を開いた。「レディ・バジェリー、素晴らしい詩でした！　まさしく独創的です。あまりに情熱的な朗読だったので、わたしも飛び入り参加したくなりました。ひとつ朗読してもかまわないでしょうか？」

女主人としての評判が地に落ちかけていたレディ・バジェリーは、彼の申し出に飛びついた。「ええ、お願いします」

「どなたなの？」ミリセントおばの声が大きくなった。

アンは静かにするようおばをなだめながら、チャス・プレストウィックが何をしようとしているのか、首を伸ばしてたしかめようとした。彼の後ろからまた一人、別の男性が広間に入ってきて、ほほえみを浮かべながらほかの客たちのあいだを滑るように歩いている。馬車で出かけた日に、チャスと一緒にいた男性だ——たしか、レスリーとかいう名前だった。

「ミスター・デント」チャスは礼儀正しく尋ねた。「わたしが朗読するのは自作の詩ではないので、あなたの作品と比べることはできません。こんな素人が席を同じくしてもかまわないでしょうか？」

アンはすっと息をのんだ。モーティマーは言葉に詰まってしまうのではないかしら？　それともこの場の雰囲気にのまれて、うまく答えられないかもしれない。

モーティマーは戸惑っていたが、しまいににっこりした。「かまいませんよ。飛び入り大歓迎です。想像力をかき立てるのが詩の目的ですから」

「まさにそのとおり。準備しますので、少しお待ちください」

「どなたなの！」ミリセントおばが声をうわずらせたので、近くのソファに座っていた白髪の老婦人が片眼鏡越しに彼女をじろりと見た。

アンは二人を無視して、チャスが台にのぼるのを見守った。黒い夜会服に、瞳の色と同じ緑色のサテンのベスト、そしてぴったりした白いブリーチズという服装だ。モーティマーが優雅にお辞儀し、舞台中央の場所を彼に譲った。チャスは彼にいたずらっぽくほほえむと、固唾をのんで見守っている人々に向きなおった。室内で動いているのは、レティシア・メドウズがぱたぱたと動かしている扇子だけだ。

ミリセントおばがはっとして、スカートを揺すりながら立ちあがった。「あら、チャス・プレストウィックじゃなくて？」アンが止める間もなく、彼女はにっこりして言った。「ほら、アン、チャス・プレストウィックよ」

だれが横やりを入れたのかたしかめようと、大勢が振り向いた。焦茶色の髪のレスリーは気づいたらしい。アンはミリセントおばがそれ以上顰蹙《ひんしゅく》を買わないよう、胸を張ってほほえみを浮かべた。チャスは台の上からミリセントに一礼したところでアンを見つけ、目をみはった。

「どうやら、わたしの女神《ミューズ》を見つけたらしい」彼はほほえんで言った。「それとも、エンジェルと呼ぶべきかな？」

彼と目が合って、アンは息が止まるほど驚いた。彼はいまやにっこりして、エメラルド色の瞳をきらめかせている。それからなぜそこにいるのか思い出したらしく、笑顔を引っこめておごそかな顔になった。広間はふたたび静まりかえった。ミリセントも口をつぐんでいる。

チャスはアンを見つめたまま暗唱を始めた。

この先　だれがわたしの詩など信じるだろう
その詩が　きみのこのうえない美しさであふれていても

アンは石から削りだされた彫像になった気がした。胸のなかで、心臓が早鐘を打っている。そうしようと思っても体は動かないし、目も逸らせない。世界はどこかに消え去って、彼女とチャス・プレストウィックだけになったように思えた。彼は豊かなバリトンの声で、アンのためだけに詩を諳んじていた。

わたしの詩がきみの人生を覆い隠す墓石に過ぎず
きみの姿の半分も伝えていないことはだれも知らない
たとえわたしがきみの瞳の美しさを書きつらね
新しい韻律できみの優雅さをことごとく歌いあげても
後の世の人は言うだろう「この詩人は嘘つきだ
神の絵筆が地上に生きる者に触れるはずはない」と

アンの心臓はこれ以上ないほど激しく脈打っていた。顔が燃えるように熱い。

こうして　わたしの詩集は時を経て黄色くなり
口先ばかりで実のない老人のように軽蔑されるだろう
きみが受けてしかるべき賛辞も詩人の熱狂として片づけられ
韻律が間延びした古めかしい歌と言われるだろう
この詩人はきみを糧にする

言葉では言い表せない威厳に満ちたきみを

（出典はシェイクスピアのソネット・十七だが、最後の二行はチャスの創作）

「まあ……」ミリセントおばのつぶやきが聞こえて、魔法が解けた。

人々のあいだで拍手が波のように広がり、アンは慌ててチャスから目を逸らした。何十人もの人々が振り向いて、悪名高いチャス・プレストウィックに詩を暗唱させたのがだれなのか探している。アンは目を落とし、レースを重ねたガウンの裾から覗くつま先をじっと見つめて、懸命に気持ちを落ち着けた。

それは単純な詩だった。アン自身、その詩を何十回も読んだことがある。彼は最後の二行を変えただけだった。それはモーティマーの頌歌と同様、含蓄のある詩ではなかった。

アンはその考えのばかばかしさに気づき、笑いだしそうになった。それは美しい愛の詩であり、チャス・プレストウィックはその詩を彼女のために朗読した。その詩を聞いて心がときめいたことをけっして忘れないだろう。それはまさに、ずっと切望していたロマンスだった。

ぼんやりと考えごとをしているあいだに、広間のあちこちでふたたびおしゃべりが始まっていた。ミリセントおばが身だしなみを整えている。見ると、モーティマーがチャスを連れてこちらに近づいてくるところだった。

「二人とも、素晴らしかったわ」ミリセントおばが誇らしげに声をかけた。「わたしのことを憶えておいでかしら、ミスター・プレストウィック。あなたのお母さまとはとても親しくしていたのよ」

アンが目を丸くしていると、チャスはおばの手を取ってお辞儀した。「フェアチャイルド夫人ですね？　あなたのことは母から聞いています」

「まさか！　もう二十年近くお会いしてないのに——最後にお会いしたのは、あなたのお父さまのお葬式だった」ミリセントおばは顔を曇らせたが、すぐに首を振った。「まあ、わたしったら、うっかりして。姪のミス・フェアチャイルドを紹介するわ」

アンはにわかに不安になって手を差しだした。もし彼が秘密を漏らせば、全てを失うことになる。

チャス・プレストウィックは彼女の手を取ると、緑の瞳をきらめかせて一礼した。「ようやく紹介していただいて光栄です、ミス・フェアチャイルド。こんなご縁があったとは、きわめて幸運でした」

4

チャスは口笛を吹きながら、広場を挟んでバジェリー家の向かいにあるプレストウィック家のタウンハウスの階段をのぼった。自分で言うのも何だが、今夜はなかなかいい仕事をした。ミス・フェアチャイルドにまっとうなやり方でもう一度会うにはどうすればいいか考えていたときに、人混みのなかに彼女を見つけたのはちょっとした幸運だった。さらに幸運だったのは、彼女が、母が懇意にしていたフェアチャイルド家の一員だったことだ。彼女の名がアンということもわかった。しかも自分はレディ・バジェリーのささやかなパーティを危機から救ったせいで、彼女に気に入られている。

「『最も必要なものに捧げる頌歌』か、まったく」チャスはくっくっと笑いながら屋敷に入った。

階段の下に、執事兼従者のレイムズが立っていた。顔をしかめ、体をこわばらせている。

チャスはシルクハットを脱いで、眉をひそめた。「レイムズ、起きている必要はないと、何度言ったらわかるんだ？」マントをテーブルに放ってつづけた。「おまえのせいで、暗くなってから外出したことを母親に気づかれないように、こっそり二階にあがろうとしている学生になった気分だ」

レイムズは咳払いすると、右側にある居間のほうに顔を向け、聞こえよがしに言った。「プレストウィックさまは現在留守にしております、お客さま。大変申し訳ないことですが、後日改めてお越しいただけますよう……」

「いったい――」チャスは酒でも飲み過ぎたのかとレイムズの顔を覗きこんだ。レイムズの太った顔が引きつり、三重になった顎がぶるぶると震えていた。禿げあがった頭が汗で光り、いつもしわひとつない黒服がよれよれになって、ベストの下から腹とシャツがはみだしている。何か、ただならぬことがあったのだ。

「だれがいるんだ？」チャスは声をひそめて尋ねた。

レイムズは慈悲を乞うように天を仰いだ。

「――レイムズ？」居間から年配の女性の声が聞こえた。「いまのは息子の声かしら？」

「母上」チャスはため息をついた。

「旦那さまの声が聞こえたようです」レイムズが押し殺した声で言った。

チャスは逃げ道がないことを悟った。「はい、母上。わたしです」母の呼びかけに応じてからシルクハットと手袋をレイムズに渡し、その肩をぽんと叩いた。「あとはわたしが相手をしよう」

「ええ、ええ。もうさがってもよろしいでしょうか?」レイムズが見るからに逃げだしたがっていたので、チャスはうなずき、彼がそそくさと安全な地下室に向かうのを見送った。

肩をそびやかし、愛想のいい笑みを浮かべて、チャスは居間に入った。レイムズは多少なりとも片づけようとしたらしい。ゆうべカード・パーティで使った予備のテーブルや椅子、ブランデーの瓶やグラスは片づけられ、ソファが暖炉の向かいに、そして二脚のシェラトン・チェアがその両脇に置きなおしてある。暖炉の炎は赤々と燃え、スツールに腰掛けた先代のプレストウィック伯爵夫人グウェンドリンが、ほっそりした手を炎にかざしていた。母がいるなら現プレストウィック伯爵である兄マルコムもいるはずだが、その姿はない。

「母上」彼は母親に近づき、手を取って立ちあがらせると、頬にキスをした。彼にそっくりの緑色の瞳が見あげている。その青白い卵形の顔にまだしわがないように、赤褐色の髪にはまだひとすじの白髪もなかった。

「今夜は少し早く帰ったのね」彼女はいかにも気づかわしげに彼を見つめた。「いい子にしていたかしら？」

チャスは一歩さがった。笑顔はすでにこわばっていた。「もちろんです、母上。今夜は何の問題も起こしませんでした」愛の詩を暗唱したときのアンの魅了されたような、驚いたような顔を思い出して、彼は自然な笑顔を取り戻した。「少なくとも、申しあげるようなことは何も」

彼は母親をシェラトン・チェアに案内した。母はグレイのシルクガウンのスカートをさっと広げて腰をおろした。「それはどういう意味かしら？」

「何でもありません、母上」毎度のことながら、母と兄がユーモアのかけらも持ち合わせていないことには驚かされる。どうして自分はこの家に産まれたのだろう――チャスはひそかに首をかしげた。レスリーから、生まれたときによその子どもと取り替えられたのだろうと冗談で言われたことがあるくらいだ。緑の瞳がこれほど似ていなければ、その意見を信じたかもしれない。

「なぜこの時期にロンドンにいらしたんです？」チャスは無理やり明るい声で尋ねた。「兄上には春の復活祭《イースター》までお会いしないものと思っていました」

母は肩に掛けた紫のショールの房飾りをつまんだ。「マルコムがロンドンに用事があるというので、わたしも同行させてもらったの。マルコムはフェントンに滞在しているわ」

チャスは眉をひそめた。「いつもロンドンに来るときはこの屋敷に滞在するのに。何かあったんですか？」

「いいえ、何も」母は即座に否定した。後ろめたい子どものように目を逸らしている。

沈黙がつづいて、母はそわそわしはじめた。「ほんとうよ、チャス。マルコムはあなたに腹を立ててるんじゃないの。わたしが知らないところで、あなたが何かしでかしたのでないかぎり」彼女は琥珀色の光のなかでチャスを見つめた。「何もしてないわよね？　いい子にしていたんでしょう？」

チャスは歯がみした。「ええ、母上。その点、心配は無用です」

母はまだ落ち着かなかった。「あなたの行ないが悪いと、マルコムはひどく機嫌が悪くなるの。イートン校での騒ぎを、マルコムはずっと根に持ってるのよ。なぜ校長のベッドにカエルを何匹も放りこんだの？　それともヘビだったかしら？　いいえ、あれはマルコムがエドワーズ家のお嬢さんのハートを射止めようとしていた年に、別荘で起きた騒ぎだった。そのお嬢さんがひどく取り乱していたのを憶えてるわ。ボンネットの上にそんなものが落ちてきたら、わたしだってそうなるでしょう。もっとも、わたしならあんな麦わらのボンネットなんて被らないけれど。だって、みっともないんですもの」母はチャスを見あげた。「お行儀良くしていたのね？」

チャスは深々と息を吸いこんで、できるかぎりにこやかにほほえんだ。「保証しますよ、母上。わたしは絵に描いたような紳士でした」

母はようやく表情をやわらげた。「ああ、よかったわ。それじゃ、明日、お茶の時間に三人で会いましょう。マルコムがお茶の時間に訪問すると言っていたから」

「それはそれは、ありがたい申し出ですね」

今度はその皮肉に気づいたのか、母は眉をひそめた。「兄弟なのだから、いがみ合っていてはだめよ」肩のショールを引っぱりあげて、母はつぶやいた。「紳士らしくしなさい」

チャスは思わずほほえんだ。家庭教師の役目に戻ると、母は決まって、このうえなく偉そうな口ぶりになる。手を伸ばして肩のショールを直してやった彼は、この前会ったときより母が痩せていることに気づいた。母はほほえみ返したが、彼は炉棚にもたれながら考えた。何も触れないでおくべきだと頭ではわかっている。だが、兄がなぜよそに泊まっているのか、突きとめなくてはならない気がした。

「それで、兄上はなぜフェントンに滞在しているんです？」やんわりと尋ねた。

「なぜって、そこが最高級のホテルだからよ」母は答えた。「ロンドンにはひどいホテルがたくさんあると、マルコムは言っていたわ。そんなホテルに泊まってもらいたくないでしょう？　大方、隙間風が入るとか——食事もひどいんじゃないかしら」

「たしかにそうですが——」チャスは質問を変えた。「しかし、いつものように、ここに滞在するほうがくつろげるんじゃないですか？」

「ええ、そうよね。でも、ここには泊まれないわ」

チャスは息を吸いこんで尋ねた。「なぜです？」

母は美しい緑の瞳をしばたたいた。「なぜって、わたしがここに泊まるからよ。もちろん」

「ああ、そうでした。わたしとしたことが」チャスは母の不安げなまなざしを見て、苦々しい思いを抑えきれなくなっていたことに気づいた。腹立ちまぎれに、彼は言った。「兄上が母上と同じ場所にいられるのは、せいぜい数分でしょうからね。お偉い伯爵が、身分違いの家庭教師と——いまは伯爵夫人ですが——言葉を交わすだけでもありがたいことだ」

「マルコムはわたしとも話をしてくれるわ」母は眉をひそめてつづけた。「わたしを訪ねてくるときも、いつも感じがいいのよ。あれほど思いやりのある紳士はいないわ」

「思いやりですか。なるほど」チャスはもはや不満を吐きださずにはいられなかった。「自分は館の四つの棟すべてを独り占めしておいて、母上にわびしい一人住まいをさせているのは、間違いなく兄上の思いやりのおかげですね。父上が亡くなってから二十年経ってようやく、母上がロンドンに滞在することを今回初めて許したのも、その思いやりだ。母上はいつ、自分が伯爵夫人であることを思い出すんです？　兄上の〝思いやり〟に甘んじていたら、いいことはひとつもありませんよ」

「でもね、チャス」母は困惑をあらわにして言い返した。「マルコムはあの館で暮らすべきよ。伯爵ですもの。それに、あの人はわたしのためを思ってそうしているの。マルコムとわたしが、ひとつ屋根の下で暮らしたら？　世間は何と言うかしら？」

チャスはかっとした。「そんなに人の噂が気になるなら、父上と関わるべきではなかったんですよ！」

その言葉が口から飛びだしたとたん、チャスは後悔した。母は美しい顔を曇らせ、震えながら立ちあがった。「やめましょう。その話はできないと、あなたもわかっているはずよ。もう――部屋で休みたいわ。ミセス・ミードはどこかしら？」

チャスは手を差しのべたが、母は身をよじり、どこにいるか初めて気づいたように部屋を見まわした。「ミセス・ミードはどこ？」両手を揉みしぼりながら繰り返した。「すぐ横になりたいの。気分が悪いわ」

チャスは差しのべた手をだらりと垂らし、呼び鈴の紐に近づいて引っ張った。こうなった原因が自分にあるのはわかっている。「心配いりません、母上。先ほどは言葉が過ぎました。直接行って、ミセス・ミードを連れてきましょうか」

レイムズがなかなか現れなかったので、チャスは母がむせび泣くのを見守るしかなかった。何を言っても拒絶されるので、罪悪感と苛立ちが増すばかりだ。

ようやく部屋に来たレイムズは先ほど乱れていたベストとシャツをきちんと直していたが、チャスはほとんど気づかなかった。レイムズはあるじの顔を見て首をすくめた。

「すぐにお相手役《コンパニオン》のミセス・ミードを呼んでくれないか」チャスはどうにか気持ちを落ち着けて言った。「母が休みたいそうだ」

「お言葉ですが、旦那さま、ミセス・ミードは奥さまに同行しておりません」レイムズの返事に、チャスはさらに苛立った。執事は一歩後ずさると、すすり泣きながら暖炉の炎を見つめている伯爵夫人をちらりと見た。彼女に聞こえないように、執事はチャスを玄関広間に連れだした。「奥さまに同行してきた若い女性は、こう申しあげるのもなんですが、そのお役目にまったく向いていません」

選択肢をひとつずつ消されて、チャスはいらいらと髪をかきあげた。「だれか、その女性を説得できる人間がいるはずだ」

レイムズは咳払いした。「恐れながら、実はもうひとつ問題がございまして……。わたくしがすぐに参上できなかったのは、ピーターズバラ卿が旦那さまを訪ねていらしたからなのです。勝手ながら、図書室にご案内しました。伯爵夫人に挨拶したいとの仰せでしたが」

「大方、次は兄上が来るんだろう」チャスは言った。「レスリーには、明日会うと伝えてくれ」

最後まで言わないうちに、当人が廊下の向こうから大股に歩いてきた。チャスのとっておきのブランデーが入ったグラスを手に持っている。

「自分で言えばいい」レスリーは立ち止まって息をついた。「まさかわたしを、ひと晩じゅう待たせておくつもりじゃないだろうな？　まだ真夜中にもなっていないじゃないか。今夜楽しんだことといったら、きみがあの守護天使を熱っぽく見つめるのを見物したことくらいだ。母君におやすみの挨拶をして、一緒に出かけよう」

「母上のところに行ってくれないか、レイムズ」チャスはレスリーの相手をすることにした。時間稼ぎに過ぎないことは承知の上だ。「わたしもすぐに行くから」

レイムズは不服そうに口を開いたが、あるじの機嫌を悟ったのか、肩をすくめて居間に戻った。チャスはブランデーのグラスをレスリーから奪い取ると、ぐいとあおった。

「おいおい」レスリーが言った。「機嫌が良くないんだな。母君とまたもめたのか？」

チャスは友人の顔をまじまじと見た。軽薄な態度を取っているが、その陰で心から気づかっているのがわかる。「もっとまずい状況だ、レス。伯爵夫人は――しばらく前から具合が悪くなることがあった。人づてに聞いた話によると、若いころから子どもっぽい振る舞いが目立っていたらしい。わたし自身、幼いころは子ども部屋か学校にいたからあまり記憶がなくて、大人になって初めて知った。母を――不安にさせるのはまずいと。お相手役のミセス・ミードが二年前のクリスマスから母の世話をしてくれるようになったが、それまで母の相手ができる者は一人もいなかった。ミセス・ミードにとってはたやすいことだが、わたしにその才能はないらしい。そしてどういうわけか、兄のマルコムはミセス・ミードを同行させずに母をロンドンに連れてきた。おかげで母は、ひどく落ち着きをなくしている。だれか母をなだめてくれる人を見つけないと……」

「アヘンチンキは？」レスリーはチャスが顔をしかめるのを見て言いなおした。「ワインを飲ませたらどうだ？　このブランデーも効くだろう」

「実の母親を酒浸りに？」チャスはかぶりを振った。「それは思いやりがあるとは言えないな、レス。それに、母がわたしの手から何かを受け取るとは思えない」レスリーの心配そうな表情から、自分がまだ動揺を隠せずにいるのがわかった。

「兄上は頼れないのか？」

チャスはふたたびかぶりを振った。「それだけはしたくない。母が取り乱したのがわたしのせいだと知ったら、兄上はどうすると思う？　修羅場になって、母はそれこそ正気をなくしてしまうだろう。できれば母をそんなことに巻きこみたくない」ブランデーをひと口飲んで、彼はつづけた。「ほんとうのことを言うと、わたし自身も関わりたくないんだ」

「どうしたものかな」レスリーは考えこんだ。「わたしじゃ話し相手にならないだろう？」

「そうだな。必要なのは、母が安心できる相手だ。それも女性でなくてはならない。だがレイムズによると、いまうちにいるたった一人の女性は、あんな状態の母には対処できないらしい。奇跡でも起きないかぎりお手上げだ」

「きみの守護天使がここにいないのが残念だな」レスリーがふっと笑ってつぶやいた。

チャスは目を見開いた。「それだ、レス！　まだレディ・バジェリーの屋敷にいるかもしれない」

レスリーは眉をひそめた。「まさか、ミス・フェアチャイルドと彼女のおばのことを言ってるんじゃないだろうな」

チャスは彼の肩をぽんと叩いた。「まさにその二人だとも。何年も前、われわれがロンドンで暮らしていたころ、母上とフェアチャイルド夫人は友人だった。そして、ミス・フェアチャイルドをきみも見ただろう。彼女は何事にもたじろがない。さあ、急いであの二人を連れてくるんだ」レスリーがまだためらっているのを見て、チャスは彼を玄関に押しやり、レイムズが広間のテーブルに置きっぱなしにしていた友人のマントをさっと取りあげた。

「しかし、チャス」レスリーは困惑顔で言った。「二人に何と言えば？」

「母がいきなりロンドンに来た、懐かしい友人に会いたがっていると伝えてくれ」チャスは即座にでっちあげた。「チャス・プレストウィックは階段から落ちて死にそうだと――何なら家が火事だと言ってもいい。とにかく二人を連れてきてくれ！」言うなりレスリーを玄関から押しだし、ドアをぴしゃりと閉めた。それから、大きな荷物を降ろしたような気分で残りのブランデーを飲み干し、肩をそびやかして居間に向かった。

5

アンは複雑な気持ちで、レディ・バジェリーの従僕が差しだしたベルベットのマントを羽織った。まず、ようやくパーティが終わって心底ほっとしていた。ずっとほほえんでいたせいで顔が引きつりそうだったし、レディ・バジェリーがモーティマーを何かの成功者のようにほめそやすのを何度も聞かされてうんざりしていたからだ。その一方で、大勢の人の前でチャスが詩を暗唱してくれたことを思い出すたびに、胸がぽっと温かくなった。彼はミリセントおばが紹介してくれてからほどなく帰ってしまったが、別れ際に手を握ったときの感触からして、また会えるかもしれないという気がした。あんなふうにされたら、どんな娘も特別な気持ちになるはずだ。

ミリセントおばが彼女のところに来て、ケープの紐を締めながら、レディ・バジェリーがモーティマーにまたもや礼を言っているのを見てにっこりした。モーティマーは愛想よくほほえんでお辞儀をし、こちらに向かってくる。チャスが登場する前にモーティマーの頌歌を聞いた人々がどんな様子だったたか、アンはあえて触れないようにした。チャスはたぶん称賛など気にしないだろうが、モーティマーには気の毒なほど栄光が必要だったから。

モーティマーは身だしなみを整えるのに気を取られて、歩道を急ぎ足で歩いてきた紳士とぶつかってしまった。二人がたがいに気まずそうに謝っているのを見て、アンは彼がチャスの友人のレスリーであることに気づいた。チャスが近くにいるのではないかと周囲を見まわしたが、すぐに焦りすぎだと自分をいさめた。それに、レスリーは見たところ一人きりだ。彼は黒っぽい瞳で思いつめたようにじっとこちらを見ていたかと思うと、さっと目を逸らした。

「なんだ、デントじゃないか」レスリーがモーティマーに言うのが聞こえた。「オックスフォード時代のわたしを憶えてないのか?」

アンは興味津々で二人を見守った。さっきまで誇らしげにしていたモーティマーが、下を向いてかしこまっている。「もちろん憶えていますとも、ピーターズバラ卿。ですが、わたしのことを憶えてらっしゃるとは思いませんでした。学年がいくつか下でしたから」

「いいや、憶えているさ」レスリーはにっこり笑ってつづけた。「きみはいつだって、何かを創作する人間だった。もっとも、わたしはきみの詩よりスケッチのほうが好きだったがね。今夜のきみの暗唱は、みなさんの記憶に残るだろう」

モーティマーは驚いて顔をあげた。「もうそのことを知ってるんですか?」

レスリーは彼の肩をぽんと叩いた。「わたし自身、その場にいたんだ! 猟犬に捧げる詩だった。詩人の発想というのは思いもよらないものだな。お二人とも、そう思いませんか?」

ミリセントはほほえんだ。「まったく、独創的ですわね」

「ほんとうに」アンは笑顔で応じた。明らかに気まずそうにしているモーティマーを励ましてやりたかった。

あいにく、モーティマーはますます落ち着きをなくしただけだった。「いや、そんなに大したものでは……。では失礼します。このお二人を家までお送りしなくてはならないので」

モーティマーがいきなり暇乞《いとま》いをしたのでアンは顔を赤らめ、レスリーは眉をひそめた。

「でも、少しお話しするくらいならかまいませんよ」ミリセントが横から言った。「ミスター・デント、こちらの方を紹介してくださいませんこと?」

モーティマーは途方に暮れたようにため息をついた。「こちらはミリセント・

フェアチャイルド夫人と、ミス・フェアチャイルドです」もごもごとつづけた。

「ピーターズバラ卿を紹介しても？」

レスリーが一礼し、ミリセントがほほえんだ。アンはきちんと膝を曲げてお辞儀した。ミリセントもモーティマーも、彼女とチャスの友人が顔見知りであることを知らないのは幸いだった。まだアガサおばにはあの日の冒険を内緒にしておきたかったが、今夜の朗読会であんなことがあった後では、それもむずかしくなるかもしれない。アンは顔をあげながらこのまま帰れることを祈ったが、レスリーはふたたび彼女をじっと見ていた。

「少しよろしいでしょうか、ミス・フェアチャイルド」レスリーに言われて、アンは秘密が明らかにならないことを祈った。「実は――われわれの共通の知人から、ことづてを預かっているんです」

その口調にただならぬものを感じとったアンは、改めて彼の顔をじっと見つめた。陽気に振る舞っているが、どことなく気づかわしげな様子が見て取れる。チャスに何かあったのだ。

「馬車まで歩きながらお話ししても？」アンはどきどきしながら応じた。モーティマーは何か言いたげだったが、しまいにミリセントに腕を差しだし、レスリーとアンから少し遅れて歩きだした。アンはレスリーの呼び名が〝ピーターズバラ卿〟であることを改めて自分に言い聞かせたが、チャスが彼をレスリーと呼ぶのを聞いた後では、それ以外の名前を思い浮かべるのはむずかしかった。

「話を聞いてくれて感謝する、ミス・フェアチャイルド」レスリーは隣で、何もまずいことは起きていないかのようにほほえんだ。「きみに頼み事ができる義理でないのは承知のうえだ。重要な用件でなければきみを引き止めたりしない」

アンはぞくりとした。「何があったんでしょうか？」

「実は、わたしたちの友、ミスター・プレストウィックが窮地に陥っている」

アンはふたたび身震いした。「けがをされたんですか？」懸命に声を落ち着かせて尋ねた。

「いいや、そういう意味じゃない」レスリーが慌てて否定したので、アンはほっとした。「実は、プレストウィック家を訪問したチャスの母上の具合が良くなくてね。安心して過ごせるように、チャスはどなたか母上の知り合いに来てもらいたがっている。そこで、もしかしてきみのおば上ならと……」

アンは安心して、不意に泣きたくなった。「わかりました。おばでしたら、喜んでお力になると思います。どうぞ、遠慮なく相談なさってください」

レスリーはにっこりして、ミリセントおばを振り向いた。アンはすっかり意気消沈した。とくに自分が必要とされていたわけではないことに、もっと早く気づくべきだった。自分は、ミリセントおばに頼み事をするための、ただのつてだったのだ。裏切られたような気持ちになるほうがどうかしている。

　アンはみじめな気持ちになった。

　ミリセントおばはレスリーの頼み事に即座に応じた。反対しようと口を開きかけたモーティマーはレスリーに脇に引っ張られ、しばらく押し問答をしていたが、しまいにアンとミリセントにぎこちなくお辞儀して、憤然としながら自分の馬車に向かった。アンは不意にジュリアン・ヒルクロフトのことを思い出し、レスリーから離れてモーティマーを急ぎ足で追いかけた。馬車に乗りこんだモーティマーが気づいて、窓から頭を突きだしている。しかめ面になった丸顔が、まるで早霜でしわくちゃになったリンゴのように見えた。

「ミスター・デント、楽しい夜をありがとう」アンは心を込めて言った。「あなたの詩がみなさんの記憶に刻まれた夜に居合わせることができて光栄だわ。今回、急用ができたことを理解していただけるといいのだけれど」

　ありがたいことに、モーティマーは表情をやわらげた。「わかっているとも、ミス・フェアチャイルド――もっとも、きわめて異例なことだとは思うが。きみにそう言ってもらえるとうれしいよ。きみがずっと支えてくれたことは忘れない。近いうちに、また訪問しても？」

「もちろん」モーティマーがもう腹を立てていないことがわかって、アンはほっとした。「上流階級のほかの方々のあいだで新しい詩人がどう評価されるか、ぜひお話を伺いたいわ」

モーティマーは顔を赤くして、週末までにまた訪問すると約束した。それから彼が御者に合図したので、アンは馬車から離れた。少なくとも、モーティマーとの友情を守ることはできた。

アンとミリセントおばはレスリーに案内されて広場を横切った。そこにあるのは、向かいのバジェリー邸に比べてかなりこぢんまりしたタウンハウスだった。緑色に塗られた玄関扉の横に、明かりがひとつだけ灯っている。煉瓦造りの建物は、しゃれたアーチ状の石橋を隔てて通りのすぐそばに建っていた。通りに面した窓にも同様のアーチ形の小屋根が付いていて、壮麗なバジェリー邸と比べると、さりげない優雅さがむしろ好ましい。三人は石橋を渡り、短い石段をのぼった。レスリーがドアを開け、二人をなかに入れた。

彼は玄関広間で立ち止まり、どちらに行けばいいのかわからないように左右を見た。そのあいだにアンは周囲を見まわして、チャス・プレストウィックの住まいに自分が興味津々であることに気づいた。だが、彼を思い出させるようなものはほとんどない。

その屋敷は、かなり保守的な考えに基づいて設計され、装飾されているようだった。玄関広間の床は象眼細工で、壁際に小さなテーブルが置かれ、田園風景の絵が数枚、間隔を置いて飾られているだけだ。飾り気のない、磨きあげられた手すり付きの木の階段が上階へとまっすぐ伸びているが、その向こうはほとんど見えない。どこかで時計が真夜中の一時を告げるのが聞こえた。レスリーが咳払いした。

「使用人はほかのことで忙しいらしい。ちょっと失礼」彼は左手にあるひとつ目のドアにつかつかと近づくと、そろそろと開けてなかを覗きこんだ。そして驚いたことに、ドアをぴしゃりと閉めて弱々しくほほえんだ。

「二人とも居間にいる。わたしたち自身で到着を告げるしかなさそうだ」

「形式張った挨拶なんて、ないほうがありがたいわ」ミリセントおばは嬉々として言った。「差し支えなければ、ピーターズバラ卿、ぜひとも直接伺わせていただきます」

アンは眉をひそめた。「ほんとうにそうしたほうがいいんでしょうか？　お二人とも居間にいらっしゃる以上、伯爵夫人の具合が悪いとは思えません。わたしたちが行くまでもないのでは……」

ミリセントは肩を落としたが、レスリーは即座に首を振った。「いいや、ミス・フェアチャイルド。あなた方がいま帰ってしまったら、チャスはひどく落胆してしまうだろう」

アンはその言葉を信じたかった。チャス・プレストウィックがアン・フェアチャイルドをそこまで評価し、彼女がいないと落胆してしまうなら、それはそれでうれしいことだ。だが屋敷に人気《ひとけ》がないのは、やはりどう見てもおかしかった。アンがそう思って口を開こうとしたとき、居間のドアが開いて、チャスが滑るように出てきた。

アンはすぐに、彼の変化に気づいた。これまで会った彼はいつも冒険に興じ、生き生きとして自信に満ちていた。それがいまは、たくましい肩をすぼめ、ハンサムな顔に疲れた表情を浮かべている。まるで到底手の届かないことを成し遂げようとしているような、思いつめた顔。アンは思わず彼に駆け寄ろうとして、かろうじて自分を押しとどめた。

そのとき、チャスが彼らに気づいた。ぱっと顔を輝かせ、一瞬で記憶のなかにある魅力的な彼に戻った。

「ミス・フェアチャイルド！　来てくれてよかった」チャスはミリセントとアンの手に順番にキスをした――アンの手を持っている時間のほうが明らかに長い。そしてレスリーの肩を叩いてねぎらい、レスリーは励ますようにほほえみ返した。チャスは最後に、アンとミリセントに向きなおった。

「ピーターズバラ卿がどう説明したか知りませんが、伯爵夫人はロンドンに来たばかりで、少し不安になっているんです。どういうわけか、いつも付き添っているお相手役の女性が同行しておらず、身のまわりのことをしてくれる女性もここにはいません。そこで、知り合いのだれかがいれば――」チャスに温かなまなざしを向けられて、アンは頬が熱くなるのを感じた。「――母の不安がやわらぐかもしれないと思ったんです。一緒に来ていただけますか？」

「ええ、ええ、もちろんですとも」アンが答える前に、ミリセントおばが勢いこんで答えた。「レディ・プレストウィックにまたお会いできてうれしいわ」

アンはチャスの魅惑的な緑色の瞳から目を逸らして気持ちを落ち着けた。チャスが先に立ってドアを開けた。

居間に入ったアンは、まず室内が暗いと思った。壁にずらりと取りつけられた真鍮の精巧な装飾燭台に数本のろうそくが灯っている以外は、暖炉の炎が燃えているだけだ。窓に掛けられたずっしりと重そうな緑色のカーテンや、金糸で刺繡が施された深緑色の椅子も、陰鬱な気分を明るくするには何の役にも立たない。

暖炉のそばに置いてあるスツールに、ひと組の精巧な銀細工の櫛で赤褐色の髪を後ろにまとめた女性が座っていた。その櫛が、上品な銀色のシルクドレスによく合っている。振り向いたその女性はとても美しかったが、なぜか涙を流していた。

ミリセントが進みでて、彼女の手を取った。「レディ・プレストウィック、またお会いできてうれしいわ」

レディ・プレストウィックが濃いまつげに縁取られたエメラルド色の瞳をしばたたかせたので、アンはいっとき、ミリセントおばのことがわからないのではないかと訝った。だが次の瞬間、伯爵夫人はぱっと表情を輝かせ、新しい人形をもらった子どものようににっこりした。

「ミリセント！　まあ、何年ぶりでしょう！　お元気そうね。さあ、座って、座って！」

アンの傍らで、チャスがほうっと息を吐きだすのが聞こえた。思わず見あげると、彼もアンを見てウィンクを返した。

「きみのおかげでまた助かった、エンジェル」彼はささやいた。

アンは顔を赤らめた。

彼女は暖炉のそばの椅子に腰掛け、おばとレディ・プレストウィックが旧交を温めるのを静かに見守った。伯爵夫人の顔からは悲しみが消え、くつろいで楽しんでいるように見える。チャスはレスリーとふたことみこと言葉を交わすと――レスリーはそれからいなくなった――母の後ろで炉棚にもたれ、同じように二人を見守った。

アンは彼のほうに目をやらずにはいられなかった。暖炉の明かりが彼の顔に反射し、金色の髪と鼻と顎の輪郭を際立たせている。いつもは笑顔で気づかないが、穏やかな口元が魅力的だ。彼もくつろいでいるのを見て、アンはミリセントおばを連れてきてよかったと思った。もっとも、なぜあれほど切羽詰まった様子だったのか、原因はいまだによくわからなかったが。

やがてレディ・プレストウィックはあくびをしそうになって、気まずそうにミリセントにほほえんだ。

「あら、まあ……」ミリセントおばはため息をついて言った。「もう遅い時間ですものね。そろそろ休んだほうがいいわ」

伯爵夫人の表情が曇った。「帰るの？」

即座にチャスが傍らにひざまずくのを見て、アンはほほえましく思った。「もう二時過ぎです、母上。休む時間ですよ」

伯爵夫人はさっと彼を見て、すぐさま目を逸らした。「ミセス・ミードはどこかしら？」

「母上のお相手役は同行していないと伺っています」チャスは辛抱強く答えた。

伯爵夫人はたじろぎ、ショールをいじりはじめた。「ミセス・ミードがいなかったら、どうやって寝仕度をしたらいいの？」

アンはチャスの顔にまた絶望的な表情が浮かぶのを見て、自分を抑えきれなくなった。「奥さま」そっと話しかけると、ほかの三人がいっせいに振り向いた。くじけそうになるのをこらえて、肩をそびやかしてつづけた。「おばのミリセントは、よくレディ・クロフォードが休むときに支度を手伝っています。もしかしたら、お手伝いできるかもしれません」

ミリセントはぱちんと両手を合わせた。「素敵な思いつきね。あなたが寝仕度をするあいだ、もうしばらくおしゃべりができるわ」

レディ・プレストウィックはしばらく不安そうにしていたが、しまいにうなずいた。「では、そうさせていただくわ」

チャスはアンに感謝のまなざしを投げて立ちあがった。「よかった。ではそうしましょう。お二人を上階に案内します。失礼、ミス・フェアチャイルド」

アンは立ちあがってお辞儀し、伯爵夫人がミリセントおばの腕につかまって部屋を出るのを見送った。

椅子に戻って暖炉の炎を見つめた。静まりかえった部屋のなかで、気持ちが安らいでいくのがわかる。今夜はほんとうにいろいろなことがあった。バジェリー家であれほど居心地が悪い思いをしていたのに、今夜のことを思い出すと笑顔になるのが不思議だった。チャス・プレストウィックは何だろうと冒険に変えてしまう。たまたま彼がいてくれて、ほんとうによかった。

アンはいつ目を閉じたのか憶えていなかった。目を開けると、チャスが向かいに座ってほほえんでいた。居眠りしているところを見られたのが恥ずかしくて、瞬きして少し背筋を伸ばした。

「奥さまの寝仕度は終わりましたか？」アンはあくびをこらえながら尋ねた。

「まだらしい。もう少しかかると、きみのおばさまから伝えるように言われた」

チャスは彼女に気まずい思いをさせていることに気づいたのか、暖炉に目をやった。「きみに礼を言わなければならないな、ミス・フェアチャイルド。母の状況を察してくれて感謝する。わたしは母をどうすればいいのかわからず、途方に暮れていた」

アンはうれしくなったが、彼が大げさに言っているのではないかという気もした。「だれだろうと、助けが必要なときはあるものです」

「そしてなかには、人よりよけいに助けが必要な人間がいる」チャスの言葉は何となく謎めいていた。「きみのおばさまにもお礼を申しあげなくては。こんなに遅くまでいてくださるとは、親切な方だ」

「これでおわかりでしょう。ミリセントおばさまは母性本能のかたまりのような方なんです」アンはほほえんでつづけた。「うかうかしていると、あなたも世話を焼かれるかもしれません」

チャスは彼女をちらりと見た。「きみも世話を焼かれているんだな」

アンはミリセントおばがいつも安心させるように手を撫でてくれることを思い出して、ますますにっこりした。「おばはだれに対してもそうなんです。そういう性分なんでしょう。ミリセントおばさまがアガサおばさまと一緒にいるところをご覧になるといいわ」

「レディ・クロフォードにはお目にかかったことがないんだが、人づてに聞いた話からすると、世話を焼かれるのを喜ぶような方ではなさそうだ」

「おっしゃるとおりです」アンはくすくす笑った。「二人を見ていると退屈しませんね」

チャスは背もたれに寄りかかり、長い脚を暖炉のほうに伸ばした。「お二人と暮らして、もうずいぶんになるのか？」

「物心ついたころには、ミリセントおばさまと暮らしていました」彼が相手だととても気安く話せることに気づいて、アンはひそかに驚いた。「母はわたしが三つのときに亡くなり、父は海軍にいて、トラファルガーの海戦で戦死したんです。ミリセントおばさまがわたしを引き取り、田舎の屋敷で育ててくれました。そしてクロフォード卿が亡くなったとき、レディ・クロフォード――アガサおばさまがわたしたちを呼び寄せてくださったんです。当時わたしは十五でした」

「そのときまできみのことを放っておいたのが不思議だ」

アンはかぶりを振った。アガサおばは姪のことを何とも思っていないのだろうと彼からほのめかされて、憤慨するべきなのはわかっていた。そうしなかったのは、ときどき自分でもそのことを疑問に思っていたからだ。アンは自分なりに見当をつけたことを答えた。

「クロフォード卿は、子どもがお好きではなかったようなんです。それに、家庭の切り盛りについても、かなり厳しい方だったとか。いずれにしろ、それ以来、わたしたちは一緒に暮らしています」

「きみがうらやましい」チャスがつぶやいたので、アンは自分のような育ちのどこがうらやましいのだろうと怪訝に思った。彼は黙りこんで、火かき棒で暖炉の火をかき立てていたが、しまいに意を決したように口を開いた。「わたしの父がなぜ母と結婚したのか、知る者は一人もいないらしい。父は三十歳以上も年上の男やもめで、健康状態もよくなかった。新しい家族を作るには最適の時期とは言えないし、跡取りの息子もすでにいた。そして母は、隣家の子どもたちの家庭教師で、取り立てて良い家柄でもなければ、持参金もなかった」

「でも、たしかにお美しい方ですし――」アンはわかりきったことを敢えて言った。

チャスは顔をしかめた。「そう、母は美しい。とても善良で、思慮深くて、心優しい女性でもある。だが、生まれたばかりの赤ん坊並みに世間知らずだ。父が母を誘惑し、罪悪感に駆られて結婚したとしか思えない」

部屋がにわかに暗くなったような気がして、アンは身震いした。さっきまで部屋にいた女性を粗末に扱う人がいるとは思えなかった。「でも、家庭教師をされていたのなら、それほど世間知らずな方ではなかったはずです。お子さんたちの面倒を見ていたんですから、分別をわきまえた方だったに違いありません。きっとお父さまと愛し合ってらしたんでしょう」

チャスはかぶりを振った。「きみはいつも楽観的だな、ミス・フェアチャイルド。母のことをもっとよく知れば、わたしが言っていることがわかるはずだ」

暖炉の炎が、彼の顔に表れた憂いを際立たせていた。「父はわたしが五歳のときに亡くなった」彼はつづけた。「異母兄のマルコムは、すぐにわたしを寄宿学校に送りこんだ。以来、サマセットにある一族の領地、プレストウィック・パークをわたしが訪れたのは、片手で数えられるほどだ。だから、きみがうらやましい。きみには受け入れてくれる人々がいるし、〝わが家〟がある」

アンは、肩を落とした彼に手を差しのべたくてたまらなかった。疲れたまなざしが慰めを求めている。彼の話をどう思ったか、伝える言葉が思い浮かばなかった。愛されていない、必要とされていないと感じている独りぼっちの小さな金髪の男の子――大人になった彼を元気づけてやりたかった。

「――お休みになったわ」ミリセントおばの声が戸口から聞こえた。チャスは立ちあがり、ふたたびにこやかなあるじとなった。秘密を打ち明ける時間は終わったらしい。アンはため息をつき、おばを迎えようと立ちあがった。

「フェアチャイルド夫人、あなたも姪御さんと同様、天使のような方だ」チャスはミリセントの手にキスしながら言った。「このご恩は一生忘れません」

「まあ、大げさだこと」ミリセントおばはうれしそうに顔を赤らめた。「お母さまに会えてよかったわ。ロンドンにいらっしゃるあいだに、また訪問させていただくわね」

「ぜひとも！」チャスは両手を広げた。「お二人とも、いつでもいらしてください」

「明日の午前では早すぎるかしら？」ミリセントおばがおずおずと尋ねた。

「いいえ、少しも」チャスはきっぱりと答えた。アンをちらりと見たその瞳には、希望が宿っていた。「きみも来てくれないか、ミス・フェアチャイルド？」

アンは彼をがっかりさせたくなかった。だがいまいましいことに、明日の午前はゴッドバート・グレシャムと馬車で出かける約束をしている。「あいにく、ほかの約束があるんです」

チャスは目を逸らした。「それは残念だ。それでは、おばさまと三人で楽しく過ごすとしよう」彼は呼び鈴に近づき、ぐいと紐を引っ張った。「お二人とも、早く帰宅なさりたいでしょう。すぐに馬車を呼びにやります。ご理解いただきたいのですが、母に何かあったときのために、わたしはここにいなくてはならないので……。ピーターズバラ卿に送ってもらうよう手配します。まもなくここに来るでしょう」

チャスが素っ気なく一礼するのを見て、アンは眉をひそめた。誘いをことわっただけで、傷つけてしまったのかしら？

チャスは肩越しに振り向きながら大股でドアに近づいた。「お二人に改めて感謝します。おやすみなさい」

アンが応じる前に、彼は姿を消していた。

6

チャスは眠れなかった。上掛けを蹴り飛ばし、シーツの上に横になったまま、暖炉の火が消えていくのを見つめた。どうしてあんな身の上話をしたんだ？　あの灰色の瞳は無垢そのものだった。ひたむきなまなざしでじっと見つめられるのがうれしくて、安っぽいゴシップをしゃべるようにぺらぺらとしゃべりつづけた。彼女が一緒にいたくなくなるのも当然だ。

どういうわけか、ミス・フェアチャイルドならわかってくれると思っていた。ほかでもなく彼女なら、チャス・プレストウィックを父親の不謹慎な行動の結果生まれた下劣な存在でなく、一人の人間として見てくれるだろうと。もっとわきまえるべきだった。

いつだってそうだ。チャスはため息をつき、仰向けになって天井のフレスコ画を眺めた。以前は、マルコムが母親と自分を引き離したのは間違いだと思っていた。母なら自分を愛し、理解してくれたのにと、恨めしく思ったものだ。ようやく母と一週間過ごす機会を得たとき、その母でさえ息子の悪いところばかりに目を向けているように思えて、ひどくがっかりしたことを憶えている。母はまるで、悪魔の角が生えてくるのを怖れているかのように彼を見つめていた。少年時代のあいだじゅう、彼は受け入れてもらうことを渇望していたが、マルコムは他人行儀で、弟に高い理想を押しつけるばかり。結局、数人の友人を得たのは、母やマルコムが怖れていたような向こう見ずな行動のおかげだった。

彼は慣習にとらわれず、社交界での評判も気にしないという人物像を作りあげて、自分を守ってきた。公爵や王太子の怒りを買おうと気にせず言いたいことを言う。そんな彼が、取るに足りない娘にどう思われているのかとやきもきし、何年ぶりかで弱気になっていた。身につけていた鎧に空いた穴を、どうにかして塞がなくてはならない。

ろくに眠れなかったせいで、朝食を母と取るときの気分はいいとは言えなかった。それでも彼は、母や自分自身を動揺させることなく、どうにか食事をすませた。その偉業を自画自賛していたとき、レイムズがフェアチャイルド夫人の到着を告げた。

フェアチャイルド夫人の背後にアンの姿を探し、来訪したのが夫人一人であることがわかっても、彼はそれほど気にしなかった。自分を悩ましている病は一夜では治せない、もっと辛抱強くなるべきだと心のなかで言い聞かせた。彼は立ちあがり、落ち着いてフェアチャイルド夫人に挨拶すると、彼女を母の元に残して立ち去ろうとした。

「あら、ちょっと待ってください、ミスター・プレストウィック」フェアチャイルド夫人は彼に駆け寄った。「実は、アンが馬車で待っていまして……ちょっと出てきていただきたいそうです。あなたにお話ししたいことがあるとか」

彼はそれを聞いて、今度は感情を抑えなかった。「喜んで」一礼して、急ぎ足で外に出た。

はやり立っていた彼の気持ちは、アンが一人でないのを見てしぼんだ。幌付きのランドー（座席が向かい合わせになっている四輪馬車）でアンの向かいに座っているのは、見知らぬがっしりした男だった。だが、その服装が笑わせる。その日は二月らしい曇り空の肌寒い日だったが、男はタータンチェックのカッタウェイの上着に深紅のベスト、エメラルド色の長ズボンという出で立ちだった。シャツの高い衿が丸い顔を翼のように取り囲んで、頭がいまにも飛び立ちそうな奇妙な印象を受ける。それでも、男の満面の笑顔には好感をもたずにはいられなかった。

そのときアンが身を乗りだして、彼女しか目に入らなくなった。

その疲れた顔を見て、同じように眠れない夜を過ごしたのかもしれないと、ばかげた考えが頭をよぎった。彼女は馬車を飛ばした日に着ていたのと同じ灰色のペリースを着ていて、バラ色のボンネットが向かいの男のコートに思いきりぶつかっている。顔には歓迎の笑みを浮かべているが、その灰色の瞳は気づかわしげだった。

「わざわざ出てきてくださってありがとうございます、ミスター・プレストウィック」アンはおずおずと言った。「ミスター・ゴッドバート・グレシャムをご存じですか？」

チャスがお辞儀をすると、男はシャツの衿が許す範囲で会釈した。

「お会いできて光栄だ、プレストウィック」グレシャムは陽気に言った。「あなたの噂はかねがね耳にしている。大した方だ。あなたに出てきていただくようにアンに言ったのはわたしでね」

「それはどうも」チャスはうなずいた。アンと名前で呼ぶことを許されているということは、求婚するつもりなんだろうか？

「お引き留めするつもりはないんです」アンが横から言ったので、チャスは彼女に目を戻した。「ただ、今日はお邪魔できないと、改めて申しあげたくて……。ご覧のとおり、ミスター・グレシャムとの約束があったものですから。バートの家族は、わたしが子どものころ過ごしたデヴォンシャーの家のご近所でした。ですから、バートは何年も前からの顔なじみで、兄と言ってもいいくらいなんです」

チャスはにわかに、バート・グレシャムのことが大好きになった。二重顎にシャツの衿が食いこんでいる。

「はっきり言ったな、アン」グレシャムは肩をすくめた。「ずっとぞっこんだったんだが、わたしのことは振り向いてくれそうもない。アンはもっと大きな獲物を狙っているんだ」

グレシャムは真顔でそう言ったが、アンはそれが冗談であるかのようにほほえんだ。チャスはどこまでほんとうなのだろうと訝った。アンがわざわざ心から残念だと伝えに来てくれたのは、こちらの財産を狙っているからなのだろうか。いずれにしろ、チャス・プレストウィックが兄からわずかな手当しかもらっていないことは周知の事実だ。彼女がどんなゲームを仕掛けているのかわからないが、しばらくはそのゲームに付き合うしかなさそうだった。

「彼女なら当然だろう?」チャスはにやりとしてグレシャムに言った。「何しろ第一級のダイヤモンド、それがわれらのアンだ」そして、アンを見ておやと思った。いま言われたことをどう解釈していいのかわからないように、こちらをじっと見ている。

彼は何かに急かされるように声をかけた。「ミス・フェアチャイルド、わざわざ事情を説明しに来てくれたことに礼を言おう。また訪問してくれる日を楽しみにしている。楽しい一日を」

アンはうなずき、座席に座りなおした。グレシャムはチャスに別れを告げ、馬車を出すよう御者に合図した。

二人に会って考えることがいろいろと増えたが、チャスはさっきまでよりいい気分で屋敷に戻った。アン・フェアチャイルドは財産目当てなんだろうか？　それとも、さらに爵位もほしいのか？　もしそうなら、いちばんそういうことに縁遠い男と関わっていることになる。尊大なヒルクロフトに、うぬぼれ屋の詩人のデント、見栄っ張りのグレシャム。そして今度は、チャス・プレストウィックに好感を持ってもらおうとした。わけがわからない。

だが、考えごとにふける時間はあまりなかった。いつものように馬で出かけようと、レスリーが誘いに来たからだ。チャスは丁重にことわったが、レスリーは不満顔だった。

「ゆうべはきみの呼びだしのせいで、大変だったんだぞ」図書室の椅子にどさりと腰をおろしながら、レスリーはぶつぶつ言った。「そして今度は、朝の楽しみもなしにするというのか？　母君にはフェアチャイルド夫人が付いていると言ったじゃないか。何で家にいるんだ？」

「わたしたちが戻る前にフェアチャイルド夫人が帰ってしまったらどうする？　彼女がうっかり母を動揺させてしまうこともあるかもしれない」

「もしそうなったら、きみでも大して役には立たないだろう」レスリーはあっさり言った。「ゆうべがそうだったじゃないか」

レイムズが玄関に現れ、礼儀正しく咳払いした。「失礼します、旦那さま。フェアチャイルド夫人にお昼まで滞在していただいてもかまわないかと、伯爵夫人がお尋ねです」

「よし来た」レスリーが言った。「すぐに出かけよう」

「レイムズ、そうしてもらってかまわない」チャスはにんまりしてレスリーを振り向いた。「出かけてもいいが、いつもの遠乗りはやめておく。その乗馬服を着替えてきてくれないか。やりたいことがあるんだ」

レスリーは興味を引かれた様子で、すぐに屋敷に戻った。

三十分後、フェートン（幌なしで二頭立ての二人乗り四輪馬車）でハイド・パークに向かいながら、いまはあれこれ考えるのをやめようとチャスは思った。隣に座っているレスリーは、黒っぽい上着に明るい色のセーム革のブリーチズに着替えている。アンにまた会えるかもしれないというだけで、なぜ兄から受け継いだ数少ない習慣を変えようと思ったのだろう？　レスリーと楽しいひとときを過ごしにいくだけで、おかしいことは何もない。じっくり考える時間なら後でたっぷりある。

公園で、グレシャムの馬車を見つけるのはたやすかった。ロンドンの上流階級にしてはまだ早い時間なので、ほかの馬車はほとんどいない。グレシャムの馬車と並んだとき、アンの顔に驚きと喜びが浮かぶのを見て、彼はうれしくなった。

「また会ったな、グレシャム」チャスは声をかけ、レスリーを手短に紹介した。

「邪魔してすまない。レスリーにきみの上着の話をしたら、どうしても見たいと言いだしてね」

レスリーは不満げにチャスをちらりと見たが、グレシャムは満面の笑みで、得意げに応じた。「特別に仕立てさせたんだ。仕立屋に何と指示したか、喜んで教えよう」

「それは素晴らしい。きみとわたしが入れ替わって、レスリーと二人で話したらどうだろう」

グレシャムは快く応じた。

「なるほど、考えたな」馬車を止めるチャスに、レスリーが皮肉っぽく言った。「きみがあのレディといちゃいちゃしているあいだ、わたしはあの紳士を引き留めておくわけか。ひどい仕打ちだな」

チャスはにんまりした。「わからないぞ。グレシャムにはまだ何か秘密があるのかもしれない」

「ああ、そうだな。大方、下着も特別仕立てだ」

チャスは低い声で笑いながら手綱を友人に投げ、グレシャムと入れ替わった。

レスリーは文句を言いながらもチャスの自慢の鹿毛を扱えるのがうれしくて、顔をほころばせながらピシリと手綱を鳴らした。グレシャムの御者はレスリーとグレシャムの乗ったフェートンに付いていけず、ランドーはすぐに遅れてしまった。

チャスの向かいでアンは膝のうえで手を組み、窓の外の荒涼とした冬の景色をじっと眺めている。チャスはアンが感情を隠して押し黙ってしまったのはなぜだろうと訝った。彼女のこんな表情を、一度だけ見たことがある。〈馬とガーター〉亭の中庭に着いたときだ。おそらく、今回もやり方が少々荒っぽかったのだろう。彼はもっとまっとうな行動を取ることにした。

「二月にしてはいい天気だ」だがその言葉を口にしたとたん、ばかばかしくなった。

おそらく、女性に天気の話をしたのはこれが初めてだ。

アンはいつものように落ち着き払った表情で、窓から目を逸らした。かすかにほほえんでいる。「お天気の話をするために席の交換を仕組まれたのではないでしょう、ミスター・プレストウィック」

チャスは面食らった。「以前から、きみのことを魔法使いかもしれないと思っていたが、どうやらほんとうらしい。どうしてわたしが席の交換を仕組んだと思った？」

アンは眉をひそめた。「自分でもよくわからないんです。ピーターズバラ卿がほんとうにバートの服の仕立て方を知りたがっているとは思えません。何しろ、ひどい服ですし」

チャスは笑った。「いや、〝ひどい〟ではなく、〝特別仕立て〟だ」アンがほほえみ返したので、彼はうれしくなった。

「ええ、そのとおりですわ」アンはうなずいた。「バートはわざとあんな格好をしているんです。それに、あのとおり田舎の訛りがあるでしょう。ほんとうは頭脳明晰で、王立協会の学者を問い詰めることだってできるのに、インテリの女性と比べられることをひどく怖れていて……。もし何か小むずかしい話になったら、ピーターズバラ卿は困ってしまうかもしれません」

チャスはアンが正直に話してくれたのを好ましく思った。「だが、グレシャムもレスリーに驚くかもしれない。子どもっぽいところがあるが、実はレスリーもかなり頭が切れる」

「ピーターズバラ卿とは長いお付き合いなんですか？」

「わたしがロンドンで暮らすようになってからだから、六年といったところかな。馬車の競走で、レスリーを初めて負かしてね。以来、友達付き合いをしている」アンが納得したようにうなずくのを見て、チャスは不意に、これは彼女のたくらみなのではないかと思った。爵位や財産を狙っているなら、レスリーは文句なく上物だ。侯爵の一人息子で、伯爵の儀礼称号をもち、いずれすべてを相続する男。結婚という名の足かせを付けられることをひどく警戒しているが、もし親友を通じてうまく取り入ることができれば、あるいは成功するかもしれない。

とはいえ、彼女がそこまで巧妙なことをするとも思えなかった。

「どうかしましたか、ミスター・プレストウィック？」アンの声がした。「そんな顔をなさって、あなたの気に触るようなことを口にしてしまったのかしら？」

彼女の目的がわかるまで、一緒にいるときはもっと気をつけたほうがよさそうだ。

「いいや、何でもない」チャスは笑顔で応じた。「きみに、レスリーのことをもう少し知ってもらったほうがいいんじゃないかと思っただけだ」アンが意外そうな顔をしたので、チャスの気分は少しましになった。彼はランドーの御者に声をかけた。「ミスター・グレシャムとピーターズバラ卿が乗っているフェートンに追いつけないか？」

「お安いご用です、プレストウィックさま」御者が即答したので、チャスは少し驚いた。「馬に乗った紳士が旦那さまのフェートンを止めたようで……すぐ追いつきます」

チャスは首を伸ばして、窓越しに前方を見た。幌の大きな窓からフェートンが見えるが、馬車を止めた男は見えない。彼は座りなおして首をかしげた。「どういうことだ？　見えるか、ミス・フェアチャイルド？」

アンは自分の側の窓から前方を見た。「フェートンの横に、馬に乗った黒っぽい髪の紳士が――存じあげない方です」彼女は座りなおすと、不安げにチャスを見た。「険しい顔をなさっていました。何もなければいいんですが」

チャスはため息をついた。「きっとレスリーが曲がり角を速く曲がりすぎて、その男の馬を驚かせたんだろう。悪い癖だ。わたしはその癖を利用して、レスリーと初めて競走したときに勝ったんだが」

「ピーターズバラ卿は、そんなことはなさらないはずです」アンは眉をひそめて言った。結婚をもくろんでいる相手が中傷されているのが気に入らないのか、それとも、幼なじみのグレシャムの身の安全を心配しているだけなのか。考える間もなく、ランドーはフェートンのそばに来た。フェートンはランドーより高さがあるので、馬に乗った男の姿はまだ見えない。だが、その声を聞いて、チャスは背筋が冷たくなるのを感じた。

「あなたと口論するつもりはない」男は冷ややかに言った。「ピーターズバラ卿とわたしは、たがいによく知っている仲だ。だから、危うくわたしにぶつかりそうになったこのばかげた乗り物の持ち主について尋ねても、答えてもらえるはずだ」

「手綱を握っているのはわたしなので――」レスリーがむきになって応じた。

「――ご質問に答える理由はありません。文句がおありなら、わたしに」

チャスはため息をついた。レスリーにすべてを負わせるわけにはいかない。彼はアンを見て苦笑いを浮かべながらランドーを降り、フェートンの踏み段をのぼった。

「そこまでにしろ、レス」友人の肩に触れてささやいた。「向こうの狙いはわたしだ」チャスは相手を見下ろした。濃紺の乗馬用の上着に、染みひとつない淡黄褐色のズボン。短めの黒髪が、たったいま道からはじきだされそうになったせいで乱れている。氷のように冷ややかな青い瞳に、人を見下した顔。チャスは胸がむかむかした。「そうでしょう、閣下？」

男はうなずいた。「少なくとも、友人の後ろに隠れないだけの礼儀は心得ているわけだ」

チャスは大げさにお辞儀した。「いつもながら、おほめにあずかり感激の極みです」

男が手綱をぐいと握りしめたので、馬が鼻孔を膨らませ、ブルルと鼻息を吐いて暴れはじめた。チャスの鹿毛はほかの馬が暴れても平気だし、たとえ走りだしてもレスリーなら対処できる。だがグレシャムの御者は明らかに技量が劣っていた。ランドーにつながれた二頭の芦毛のうち片方が後ずさりし、もう片方が跳びさがって、車体ががくりと揺れた。

「アン！」チャスとグレシャムが同時に叫んだ。チャスが御者席に駆けあがり、グレシャムが馬をなだめようとフェートンから飛びおりる。馬を落ち着かせるのにしばらくかかった。チャスは怒りが湧きあがるのを感じた。アンが馬車から落ちたらどうするんだ？　倒れて意識を失っていたら？　馬が落ち着いたと見るや、彼は御者席から飛びおり、ランドーの開口部に駆け寄った。「ミス・フェアチャイルド、けがはないか?」

息せき切って、グレシャムが傍らに来た。「アンは大丈夫か?」

開口部にアンの顔が現れた。青ざめてボンネットが傾いているが、いつものように落ち着いている。「お二人とも、わたしでしたら大丈夫です。少し揺れただけですわ。馬にけがはありませんか?」

グレシャムがほうっと息をつくのが聞こえた。チャスが返事をしようとしたとき、すべてのきっかけを作った男の声が割りこんできた。

「なるほど、お前がまた尻軽女にうつつを抜かしていたのが原因か」

アンは息をのみ、グレシャムは蒼白になった。チャスはかっとして、男と向かい合おうとふたたびフェートンに飛び乗った。

「そんなことを言われたからには、決闘を申しこまざるを得ない」

馬上の男はたじろいだ。御者席のレスリーが目を剝いている。

グレシャムもフェートンによじのぼって、男をにらみつけた。「同じく」

「いけないわ、やめてください!」チャスが振り向くと、アンが真っ青な顔でランドーの端にしがみついていた。

「お願いです」彼の激しい怒りを見て取ったのか、アンは怯えたようにつづけた。チャスは怒りをぶちまけたくてたまらなかったが、アンの言葉には逆らえなかった。

彼はアンにうなずくと、険しい目つきで男を振り向いた。「こちらのレディに謝罪するなら、いまの話はなかったことにしましょう」

馬上の男はチャスをじっと見ていたが、しまいにアンに向かって頭をさげた。「失礼した、マダム。このような連中と一緒にいるレディを見たことがなかったものだから」彼はチャスに向きなおって言った。「この件については後日また話そう」チャスが返事をする間もなく、男は馬の向きを変えて走り去った。

「せっかくの見物がふいになった」レスリーが軽口を叩いた。

「なんて失礼なやつだ！」グレシャムはチャスの肩をぽんと叩いた。「だが、よくやった、プレストウィック。ちゃんとやり返したじゃないか。一緒にいられて誇りに思うぞ――何だ、アン？」

チャスは自分のしたことが急に恥ずかしくなり、ぶるっと身震いしてアンを振り向いた。

アンは心配をあらわにして彼を見ていた。「決闘にならなくて、心底ほっとしました、ミスター・プレストウィック。流血沙汰のきっかけになるのは願いさげです」

グレシャムは胸を張った。「冗談じゃない！　不届き者はいましめるべきだ。われらがアンを尻軽呼ばわりして無事ですむものか。そうだろう、プレストウィック？」

チャスはアンを守る連帯ができあがっていることに苦笑した。「まったくそのとおりだ、グレシャム」

「わたしのことはバートと呼んでくれ。これからは友人だ。昔の騎士のように、ドラゴンから貴婦人を守ろう」

「ドラゴンだなんて――」アンはほほえんだ。「――でも、あの方がどなただったのか気になります。あなたをご存じのようでしたけれど、ミスター・プレストウィック」

チャスは顔を歪めて笑った。「たしかにわたしを知る人物だとも。ミス・フェアチャイルド、あれが名高きプレストウィック伯爵、わが兄マルコムだ」

7

アンはひと息ついて、ランドーの革張りの座席にもたれた。チャスはバートのタウンハウスで早い食事にしようという彼の誘いを受け、自分のフェートンをバートの御者に預けて先に帰らせた。おかげでアンは彼ともうしばらく一緒に過ごし、チャスは兄から離れて頭を冷やすことができる。アンは、少し考える時間があればいいのにと思った。アン・フェアチャイルドの名誉を守るために、チャスは兄に対して血を流すこともいとわなかった。これはロマンスとしては少し行き過ぎだ。

彼女はうつむいたまま、向かいのレスリーの隣に座る彼をこっそりと盗み見た。バートは御者席にいても三人と会話できるように、ランドーの幌を後ろに畳んでいる。レスリーとチャスは、派手なチェック柄に覆われたグレシャムの幅広い背中を背に座っていた。チャスはいつもの落ち着きを取り戻していたが、アンはさっき彼の瞳のなかに見た獰猛《どうもう》な怒りを忘れることができなかった。彼女のなかの一部は、彼が自分を守ろうと駆けつけてくれたことにわくわくしていたが、残りの部分はその怒りの激しさにたじろいでいた。彼に何か声をかけたかったが、何と言えばいいのかわからない。

「ちょっとした冒険だったな」バートが振り向いて言った。「きみにとってはよくあることなのかもしれないが、プレストウィック」

「バート！」アンは幼なじみをいさめた。

「いいや、彼の言うとおりだ、ミス・フェアチャイルド」チャスはいつになく静かに答えた。その目は反論されるのを予期しているようだったが、アンは何も言えなかった。これまで、冒険のまっただなかにいる彼を見てきたからだ。「厄介事は、砂鉄が磁石に引き寄せられるようにわたしに寄ってくる」彼の疲れた口調にアンはたじろいだ。

「そして、それは我々の望むところでもある！」レスリーが口を挟んだのでアンは眉をひそめたが、彼はかまわずチャスの肩を叩いてつづけた。「率直に言って、きみが物事を引っかきまわさなければ、われわれの生活は退屈きわまりないものになるだろう」

「いいぞ！」バートが声を張りあげて言った。「最高の仲間だな、まったく」

チャスは友人たちの言葉に悲しげにほほえんだ。「ありがとう、だが女性がどう思うか考慮したほうがいいだろう。きみの考えを聞かせてもらえないか、ミス・

フェアチャイルド？　わたしの——向こう見ずな行動を爽快と思うかどうか」

アンは彼の目をまっすぐ見返した。レスリーやバートにどう思われようとかまわなかった。「ええ、爽快だと思いました、ミスター・プレストウィック。ただ、さっきも申しあげたように、わたしのせいであなたに危害が及ぶのは願いさげです」

「その点なら心配ない」チャスはつぶやき、アンはまたもや彼の瞳に映るものから目を逸らさなくてはならなかった。

「そうとも」バートが言った。「われわれがついている、プレストウィック。だから心配は無用だ」

チャスはほほえんだ。「そうだな、信じるよ」

レスリーが隣で顔をしかめた。「楽しい会話を邪魔したくないんだが、どうやら後をつけられているようだ」

バートが後ろを振り向き、チャスもアンの頭越しに後ろを見た。アンは同じように振り向きたい衝動をこらえた。

バートは眉をひそめた。「年輩の紳士が二人乗っている黒いカリクルか？」

レスリーはうなずいた。「ハイド・パークを出発してから、ずっと後ろにいる。

あの男に見覚えは、チャス？」

チャスは背もたれに寄りかかって考えこんだ。「一人はチャンプワースじゃないか？　頭頂部が禿げあがっていて、顎が垂れている。もう一人はわからない」

「見たことがない顔だ」バートは肩をすくめて、ふたたび正面に向きなおった。

「それは間違いない」

「きみも見てくれないか、ミス・フェアチャイルド」レスリーが言った。「どこかで見た顔なんだが、思い出せない」

声をかけられて、アンはようやく振り向いた。そしてぎょっとして、すぐさまレスリーたちに目を戻した。「痩せぎすで、灰色のコートを着た方なら存じています。メドウズというお名前で、去年知り合いの女性と結婚した方ですわ」

チャスとレスリーはさっと顔を見合わせた。

「レティシア・メドウズだな」レスリーが言った。

アンは怪訝そうに応じた。「ええ、なぜご存じなんですか？」

ふたたび彼とチャスは顔を見合わせた。二人が何かというと仲間はずれにするので、アンはむっとした。

チャスは馬車の後ろを見ていたバートの腰をつついた。「ランドーを止めてもらうことになりそうだ。食事はまたの機会にしよう」

バートは彼をじっと見つめた。「自分の兄に立ち向かったきみが、あんな男を怖れるのか？　無視したらいいじゃないか」

チャスはかぶりを振った。「メドウズはたやすく無視できる相手じゃない。食事は見合わせることにするよ」そう言って、彼はアンに会釈した。

バートもわかったというようにうなずいた。彼が馬を止めると、アンは不意に寒気を感じてぞくりとした。

「わたしのために馬車を降りることはありません」アンはチャスに言った。「わたしは怖くありませんから」

チャスはすでに立ちあがり、うっすらとほほえみを浮かべて彼女を見おろした。「それはわかっている、エンジェル。きみに怖いものがあったら知りたいくらいだ」

彼を見ているうちに不安になって、アンは不意に両手に目を落とした。ふたたび目をあげると、チャスはすでに馬車を降り、レスリーが後につづいていた。礼儀作法を気にする必要がなくなったので、アンは思いきり体をひねり、二人がランドーの後ろから通りを横切るのを見守った。

アンはそこで初めて、馬車がセント・メリーズ・サークルにあるおばの屋敷からそれほど離れていない広場に差しかかっていたことに気づいた。チャスとレスリーは広場の中心にある公園に向かい、景色を楽しむ以外は何の用事もないようにのんびりと歩いていく。アンはチャスの見当が外れて、後ろから来た馬車がそのまま通り過ぎていくことを祈った。だが馬車が止まってチャンプワースとメドウズが降り、近くにいた少年に手綱を預けるのを見て、アンの不安はいっそう膨れあがった。

「バート、あれを見て！」二人がチャスとレスリーのほうに近づくのを見て、アンは叫んだ。「どういうつもりかしら？」

「何者か知らないが――」バートも二人のほうを振り向いて言った。「――プレストウィックは、二人を危険な人物と見なしているようだった。もっとも、彼らは名誉を重んじて、一対一の決闘をすると思うが」

「決闘するですって？」アンは気分が悪くなった。「何のために？」

バートは居心地悪そうに答えた。「確実なことはわからないんだが、レティシア・メドウズとチャスについて、いやな噂を聞いてね。一昨日の夜、上流階級の面々が集ったところで、彼女のために詩を暗唱したとか」

アンは幼なじみを見て眉をひそめた。「バジェリー家のパーティのこと？　断言するけど、ミスター・プレストウィックはそんなことをしてないわ」

バートは彼女の視線を避けて肩をすくめた。「わたしは自分が耳にしたことを話しただけだ」

アンは公園に目を戻した。四人の男性は、見たところとても穏やかに話をしている。もしかしたら、バートとチャスは思い違いをしているのかもしれない。でもメドウズとチャスのあいだに誤解が生じた原因がバートの言ったとおりだとしたら、責任の一端は自分にあるのではないだろうか。レディ・バジェリーの客の一部はアン・フェアチャイルドに気づかず、もっと美しいレティシアがチャスのミューズだと思い込んだのかもしれない。たぶんチャスがありのままを説明すれば、二人の紳士は引きさがってくれるかも……。

通りの向こうでチャスがお辞儀するのが見えたので、アンはほっとした。話し合いは終わったのだろう。彼とレスリーはそのまま、柵で囲われた公園の入口に向かい、チャンプワースとメドウズは二人を見送った。アンは安堵のため息をついて、背もたれに体を預けた。

「まだ終わっていない」バートが言った。

アンがぎくりとしてふたたび外に目をやると、メドウズがチャンプワースの腕を振りほどくのが見えた。そのまま、チャスとレスリーを追って走っていく。チャンプワースがその後につづいた。

「バート、あの二人を止めないと！」

バートは即座にランドーから飛びおり、馬丁に手綱を投げ、アンを助け降ろそうと手を差しだした。アンが馬車から降りたちょうどそのとき、公園からパンという音がした。

「銃声だ！」バートがぎょっとして言った。

アンは足元の地面が沈んでいくような気がして、彼の腕をつかんだ。そして彼が前に進むのを待ったが、バートは動かない。見あげると顔が真っ青で、腕も震えている。アンはその腕を離した。

「どうしたの、バート」アンは叱咤した。「このまま放っておくわけにはいかないでしょう」

バートは苦労しながらも落ち着きを取り戻し、アンにほほえみ返した。「もちろんだとも」

彼の言葉は勇敢だったが、その上唇は冷や汗をかいていた。バートはぶるっと身震いして背筋を伸ばした。「きみはここにいてくれないか、アン。わたしが様子を見てくる」

「そんなことをしてはだめ」アンは言った。「わたしも一緒に行くわ。説き伏せようとしても無駄よ」彼女は頭をぐいと反らし、内心ではびくびくしながら、バートを従えて公園に向かった。

公園までの短い道のりを進むあいだ、アンは最悪の事態を想像した。チャスは正当防衛でメドウズを撃ち殺し、国外に逃げざるを得なくなるかも。あるいは逆に瀕死の重傷を負っていて、助けようとしても間に合わないかもしれない。あるいは心臓を撃ち抜かれて、すでにこと切れているか。胸がどきどきして、公園にいる彼らのところまで心臓の音が聞こえるのではないかと思うほどだった。

彼女の横で、バートは未開の土地を丸腰で歩いているかのようにちらちらと下生えに目をやり、クラヴァットをいじりながら落ち着きなく歩いた。やがて道が開け、狭い空き地に四人がいるのが見えた。

チャンプワースとレスリーが青い顔をして、血を流して地面に倒れている男性から少し離れたところに立っていた。もう一人が、倒れている男性に屈みこんでいる。アンの心臓は止まりそうになったが、すぐに地面に倒れているのがメドウズで、正真正銘生きていて地面に屈みこんでいるのがチャスだとわかった。さらに近づくと、チャンプワースが押し殺した声で言うのが聞こえた。「おい、プレストウィック、まさか殺したのか？」アンは愕然とした。

チャスは倒れている男の胸から目をあげると、チャンプワースをエメラルドの瞳でじろりとにらみつけた。「きみがもう少し静かにしてくれたら、わかるかもしれない」そして、ふたたび目を戻して眉をひそめた。「息はしているようだが、こううるさくては心臓の音が聞き取れない」

アンは安堵のため息を漏らした。まだだれも死んでいないのだ。問題を解決する時間はある。

「お医者様を呼びにやらなくていいでしょうか？」冷静に声をかけた。

レスリーとチャンプワースがぎくりとし、チャスは飛びあがった。

「アン！　なぜここに――」

彼の言葉をチャンプワースがさえぎった。「おい、勘弁してくれ！　浮気相手の夫を危うく殺しかけたうえに、まだ愛人がいるのか」

「チャンプワース！」チャスは一喝した。「レディの前だ、言葉を慎め！」

「みなさん、お願いです」アンはできるかぎり落ち着いた声で言った。内心、怖くてたまらなかった。「見たところ、そちらの方はけがをされています。手当てをしなくていいのでしょうか？」彼女は三人の男性をさっと見まわしたが、みな目を逸らした。三人とも、彼女がいるせいでやりにくそうにしているが、ここで撤退する理由はない。ふだん向こう見ずを自負しているチャスでさえ、どうしたらいいのかわからないような顔をしていた。

「みなさんでミスター・メドウズをミスター・グレシャムの馬車に運んではいかがでしょうか？　手当てしていただける場所に連れていかなくては」

「ひどい出血だ。途中で死んでしまうだろう」チャンプワースがうなった。「そうなったら、死体をどうする？　わたしが知りたいのはそこのところだ」

アンは堪忍袋の緒が切れそうだった。「わたしの家がすぐ近くにあります。そこに運んではいかがでしょう？　知り合いにお医者様がいらっしゃるんです。ミスター・メドウズの手当てをお願いできますわ」

チャスは一歩進みでて彼女の手を取った。「願ってもない申し出だ、エンジェル」彼の笑顔ときらめく緑の瞳を見て、アンはうれしくなった。「だが、この件にきみを巻きこむわけにはいかない」

「チャス、気持ちはわかるが――」レスリーが横から言った。「――メドウズをこれ以上放っておくわけにはいかないだろう」

「この場に居合わせた以上、彼女はもう巻きこまれている」チャンプワースがぼそりと言った。「乗りかかった船だ、かまわないだろう」

その言葉に同意するように、横たわっていた男がうめいた。チャスはいっときためらったあげく、あきらめたように両手をさっとあげた。「よし、わかった。チャンプワース、きみは頭を――レスリーは脚を持ってくれ。グレシャム、きみはわたしと一緒に胴体を支えてくれないか。では先導を頼む、エンジェル」

アンは男たちが付いてくるのを振り向いてたしかめながら歩いた。男たちは重荷によろよろしながら公園を出て、静かな通りを横切った。バートは彼らがメドウズを馬車に乗せるあいだ馬たちを抑え、全員が乗りこむと御者席によじのぼり、馬車を勢いよく出した。馬が走りだしてようやく、アンは気づいた。死にかけた男性を見たら、アガサおばはどんな顔をするだろう。

8

アンがクロフォード家のタウンハウスの玄関扉をさっと開け、なかを覗きこむのを見て、チャスはくすりとせずにはいられなかった。男たちが荷物を届けるようにメドウズのぐったりした体を運びあげるのを見たら、レディ・クロフォードといえども冷静ではいられないだろう。アンは振り向き、彼らになかに入って右手の部屋に進むよう合図した。部屋を入ってすぐのところに置いてあったソファにメドウズをおろして、チャスはほっとした。背筋を伸ばしたところで、アンがドアの向こうの小さな机の上で、何やら走り書きしているのが見えた――おそらく、さっき話していた医者への伝言だろう。

「どなたがお医者様のところに行ってくださるのかしら？」アンは書きつけを折りたたみながら尋ねた。

レスリーが進みでた。「わたしが行こう」アンが書きつけを渡すと、レスリーはにっこりし、チャスに敬礼して出ていった。

「なぜ召使いに行かせないんだ？」チャンプワースが不満げに言った。

チャスはむっとしたが、アンは落ち着いて答えた。「いまはおばたちと一緒に召使いが出払っているんです、ミスター・チャンプワース。残念ですが、わたしたちで何とかしなくてはなりません」

「そいつはありがたい」バートはふうふう言いながら、近くの椅子にどさりと座りこんだ。「いまはレディ・クロフォードにお会いするような状況じゃないからな」

アンはソファに近づき、メドウズの傍らにひざまずいた。チャスもそばに来た。

「どこを撃たれたのかご存じ？」アンはメドウズの体を見まわしながら尋ねた。

チャスはかぶりを振った。心配していることをわかってもらえるだろうか。彼女はいつも、こちらの気持ちをうまく読み取ってくれる。「メドウズがわたしにピストルを突きつけ、もみ合っている最中に発砲した。そして、メドウズが崩れ落ちた」

「コートの前を開けたらわかるかも……」アンがあくまで冷静なのを見て、チャスはひそかに感心した。これが彼の屋敷で、マルコムや母、あるいはリザがいたらどうなっていただろう？

「出血してるんじゃないか？」バートが口を挟んだ。「何か拭くものを持ってきたほうがいい」

「そうね、リネンとたらいを持ってくるわ。失礼します」アンは立ちあがって戸口に向かった。

「おい、プレストウィック」チャンプワースが口を開いた。チャスは顔をあげ、アンは戸口で立ち止まった。チャンプワースは窓辺で、クロフォード家のカーテンをじろじろ見ていた。「囲っている女性がいるなら、もっといい暮らしをさせるべきだ。男の沽券に関わる」

「おい！」バートが食ってかかったが、アンは顔を赤くして急いで部屋を出ていった。

チャスがにらみつけると、チャンプワースは肩をすくめて窓から離れ、いちばん離れた椅子に腰をおろした。

アンがいないあいだに、チャスは手間取りながらメドウズのコートとベストの前を開いた。血が付いている場所はない。そこでクラヴァットを慎重に外し、シャツの首元も開いた。そして当惑して眉をひそめた。

彼は小さな揉めごとには慣れっこになっていたが、今回のメドウズとの一件では動揺していた。彼はけっして、人妻とは浮気しないことにしていた。それなのに上流階級の人々は、チャス・プレストウィックのすることだからという考えにいとも簡単に飛びついてしまう。メドウズとの件は、彼に説明し、納得してもらったと思ったが、結局メドウズは弾を込めたピストルを手に追いかけてきた。だれもけがをしないうちに、メドウズの顔を一発殴れたのは幸いだった。だが自分は、身を守ろうとしてメドウズを殺してしまったのだろうか？　チャスはもう一度メドウズの体を見まわしたが、負傷している形跡はなかった。

「深刻なのか？」バートが尋ねた。

チャスはかぶりを振って、部屋の向こうでむっつりと黙りこんでいるチャンプワースに目をやった。

バートもその視線をたどって、同じくかぶりを振った。

「失礼なやつだ」バートが声をひそめたことにチャスは気づいた。「レディ・クロフォードの家具をけなすなんて。困窮されていることはみんな知っているさ」

チャスは意外に思ってバートにちらりと目をやった。そして改めて、室内を見まわした。それほど広くないが、見苦しくない部屋だ。ソファの向かいには石造りの暖炉があり、その左右に配された天井まであるガラス窓から日光が差しこんでいる。暖炉の石と壁の淡い落ち着いた色調が、室内にある濃いワインレッドの布張りの椅子と、花柄模様のソファ、そしてオービュッソン織りの絨毯を引き立てていた。

だがよく見ると、チャンプワースが指摘したことが目についた。椅子の布張りはどれもすり切れているし、木彫り細工は傷だらけだ。窓のカーテンも、本来なら遮るはずの光を通している。おそらくアガサ・クロフォードは、この世で最もけちな人物なのだろう。さもなければ、家計が窮地に陥っているか。

アンが戻ってきて、たらいとリネンを彼の傍らに置いた。ペリースとボンネットを脱ぎ、動きやすい濃灰色のガウンに着替えている。白い肌と、吸いこまれそうな灰色の瞳を引き立てる色だ。

「深刻なんですか？」アンは少し前にバートがしたのと同じ質問をした。

チャスは彼女を見あげた。「まだよくわからない。銃で撃たれた場所が見つからないんだ。それに、出血も唇以外には見当たらない」

アンはメドウズの唇を見た。唇の真ん中が切れて出血し、おばのソファに血が溜まっている。リネンをつかんでメドウズの顎の下に押しこむと、彼ががくりと口を開けたので、びっくりして飛びあがった。それから、メドウズはいびきをかきはじめた。

「どうした？」チャンプワースがソファのところに来た。バートも様子を見ようと立ちあがっている。チャスはほっとして笑いだした。

メドウズをひと目見るなり、チャンプワースは腹立たしげに鼻を鳴らした。「メドウズ、ふざけるのも大概にしろ！　寿命が縮まったぞ。いびきなんぞかきやがって！」

バートはチャスの肩をぽんと叩いた。「どうやら、当たったのはきみのこぶしだけだったらしい。弾はどこかに飛んでいったんだろう」

アンは表情を変えずに、屈んで盆を取りあげた。「これも必要なさそうですね」「もうひとつ喜ぶべきことがある」チャンプワースはぼそぼそ言いながら、さっきまで座っていた場所に戻った。「殺人容疑で訴追されずにすんだんだ。命拾いしたな、プレストウィック」

チャスはかっとしたが、バートが先に口を開いた。「訴追されたところで、判事が明白な正当防衛と見なすのは間違いないだろう」

「期待するほど明白ではないかもしれないぞ」チャンプワースがせせら笑いながら言った。

意外なことに、アンが彼に噛みついた。「ミスター・チャンプワース、改めて申しあげますが、ここはわたしの屋敷です。わが家にいる以上、ほかのお客さまをあしざまに言うのはやめていただけますか」

「こんな連中が客だと！」チャンプワースは鼻を鳴らした。「あなたはたしかに気骨のある方だな、マダム。だが、チャス・プレストウィックのような輩と付き合っているのは残念だ」

「もうやめろ、チャンプワース」チャスはうんざりしてそう言うと、アンに向きなおった。「ミス・フェアチャイルド、片付けるのを手伝おう」彼はアンの手から盆を受け取ると、ドアの外に出るように目配せした。

キッチンまで来ると、チャスはまたもや弁解せずにはいられなかった。「今回の一件では、きみに謝罪しなくてはならない」アンが指さしたサイドボードに盆を置いて、彼は口を開いた。「きみを巻きこむつもりはなかった」

「先ほどは、少し出過ぎたことをしました」アンは彼の目を避けて、ため息をついた。

チャスは眉をつりあげた。「出過ぎたこと？　まさか。きみの行動はこのうえなく礼儀正しかったし、間違いなく常識に基づいていた」

アンは顔をしかめた。「ええ、わたしはそういう人間なんです。やたらと礼儀正しくて、いつも取り澄ましている。おばのアガサからもお墨付きをもらっているくらいですわ」

「礼儀正しくて悪いことはひとつもないじゃないか」彼はそう言いながら、しばしば不届き者と言われるチャス・プレストウィックが礼儀正しさをほめるとは皮肉なものだと思った。「ほとんどの人間は、いちばん称賛されるべきことだと考えているはずだ」

「それは結構なことですね」アンは不意に彼に向きなおると、灰色の瞳をきらりと光らせた。「では伺いますけど、ミスター・プレストウィック、お友達の一人が、分別があってきちんとしたレディを紹介すると言ったら、あなたはその申し出に飛びつきますか？」

チャスは笑った。「わたしの友人たちのなかで、きちんとしたレディを見つけられる者はいないんじゃないかな。ましてや、わたしに紹介するなどあり得ない」

アンはほほえみ返した。「それはむずかしいかもしれませんね」

チャスは話題を戻した。「とにかく、今日は厄介事に巻きこんでしまって申し訳なかった」

アンはたらいとリネンをせかせかと片づけていた。「それ以上のご説明はもう無用ですわ、ミスター・プレストウィック。ほんとうにわたしには関係のないことですから」

「きみには知る権利があると思う」チャスは食いさがった。「そう、たしかにその権利はあるはずだ。ミスター・メドウズはかねてから、妻のレティシアに愛人がいるのではないかと疑っていた。そしてゆうべわたしが詩を暗唱するのを見て、わたしがその愛人だと確信したらしい。なぜあの詩がレティシアに捧げられたものだと勘違いしたのか、理由はわからないが」

アンはため息をついた。「レティシアはわたしに近いところに座っていました。ほかの方々は、あなたがわたしでなくレティシアの美貌を称賛していると思ったのではないかしら」

チャスは真顔で彼女を見た。「そんな連中は見る目がないんだ」アンが彼のほうを見ずに顔を赤くしているのを見て、彼はなんとかわかってもらいたいと思わずにはいられなかった。アンの顎に手を添えて上を向かせると、彼女は目を大きく見開いた。「ミス・フェアチャイルド、きみは自分がどれほど美しいか気づいているはずだ。これまできみと付き合いのあった男から、荒れた暗い海を思わせるような瞳だと言われたことはないのか？　真夜中より黒い髪だとほめられたことは？」

アンは目を逸らせないようだった。「ありません」

猟犬に詩を捧げるような男が、そんなことをするわけがない。彼はアンの喉元が脈打つのを見つめた。彼女には、まっとうな愛の告白をする男が必要だ。チャスの胸がズキリと痛んだ――その男になりたい。激しい思いが突きあげて、チャスは思わずアンを離した。

「けが人がどうなったか、見にいかないと……」彼はアンから顔を背けた。

「ええ、そうですね」アンはそう言うと、先に立って廊下に出た。

チャスは気持ちを落ち着かせて、ふたたび居間に入った。初めて見る男がメドウズの体に屈みこんで、注意深く診察している。アンが彼を医師のジェイコブズだと紹介し、医師はわかったことを手短に説明した。弾がどこにいったか知らないが、当人には当たっていない。

メドウズは目を覚まして、医師の質問にしぶしぶ応じていた。それから彼は、やれ医者が不躾だの、ソファの座り心地が悪いだの、人が多すぎるだのと文句を並べ立て、あげくにだれかが上着のポケットを探ったとほのめかした。そして、アンがジェイコブズ医師をドアまで案内して礼を言っているあいだも、ねちねちと嫌味を言いつづけた。

「それからもうひとつ言っておくが、プレストウィック、わたしがきみなら、他人の妻には手を出さずに、なすべきことに専念する。男なら、自慢の雌鶏をこんなみすぼらしい場所に置いておかないものだ」

ふたたび部屋に入ってきたアンは、真っ赤になった。チャスは隣にいるバートが怒りで身を震わせるのを感じた。

メドウズはアンにお辞儀した。「あなたにお礼を申しあげなければならないことはわかっている、マダム。何しろこんな連中からも、それなりに人道的な扱いを受けたのだからな。もっとも、一杯のブランデーのほうがありがたかったが」彼がアンを上から下まで眺めまわしたので、チャスの胸にふたたび怒りが湧きあがった。

「もしこの生意気な若造に飽きたら、いつでもジャック・メドウズのところに来てもらってかまわない。若い娘の扱いなら心得ている」

チャスは一歩踏みだしたが、チャンプワースがメドウズの腕をつかみ、ひとことも言わずに彼を引っ張って出ていった。

「なんて無礼なやつらだ」バートが腹立たしそうに言った。「あとひとことでも言ったら、決闘を申しこむところだった」

「ほんとうにやめてちょうだい、バート」と言って、アンはふんと鼻を鳴らした。

「相手にする価値もない人たちだわ」

レスリーが拍手した。「よく言った、ミス・フェアチャイルド！　今日の勝者はきみだ。チャスはきみという味方がいて幸運だな」

アンがその言葉にほほえむのを見て、チャスはふたたび、彼女が興味を持っているのはレスリーなのだろうかと訝った。だが彼女は調子に乗らずに、チャスに向きなおった。「この件が終わったことを願うばかりですわ、ミスター・プレストウィック。ミスター・メドウズがまたあなたを付け狙うなんて、考えたくありませんもの」

チャスは思わず顔をほころばせた。「ああ、この件はもう終わりだ。もっと素敵な女性がいるのに、あんな男の妻を追いかけるわけがない」彼はアンがうれしそうにほほえむのを見つめながらつづけた。「ミス・フェアチャイルド、きみのおかげで今日はほんとうに助かった。これで助けてもらうのは三度目だ。きみのような女性には、ついぞお目に掛かったことがない」

「まっとうな娘なら、だれでも同じことをしますわ」アンは応じた。

「アンらしいな」バートがにっこりして言った。「いつも謙虚すぎて損をする」

何かと気の利くレスリーが、バートの脇腹を肘でつづいた。「それじゃ、そろそろ失礼しようか？」

バートは眉をしかめたが、しまいにチャスとアンにお辞儀をし、レスリーと部屋を出ていった。チャスはアンの手を握っていたことに気づくと、その場で心を決め、ふたたびアンの顔を見た。「ミス・フェアチャイルド、もしこのうえなく魅力的なやり方でレディ・クロフォードに挨拶したら、訪問することを許してもらえるだろうか？」

アンは息をのみ、さっと目を逸らして彼の手から手を引き抜いた。チャスは頭のなかに冷たい水を注ぎ込まれたような気がした。

「いや、いいんだ」彼は傷ついたことをおくびにも出さずに、冗談めかして言った。「わたしのような厄介者は、場所をわきまえないと」そして、一刻も早く屋敷の外に出ようと一礼した。「それではマダム、ご用があればいつでもお呼びたてを」

彼の背後でアンがふたたびすっと息をのむのが聞こえたので、期待に胸を高鳴らせて振り向いた。「どうした、アン？」

彼女は片手で口を押さえてソファを見おろしていた。流れた血が、ひどい染みになっている。「それだけか？　気にすることはない。わたしが新品を買おう」

アンはかぶりを振った。「あなたはご存じないんです。アガサおばさまがこのことを知ったら――その……」そこで取り乱していたことに気づいたように、いつもの落ち着いた表情に戻った。「お許しください。なんでもありません。気にしないようにします」

いつになく彼女が感情をあらわにしたので、チャスは眉をひそめた。そこで不意に思い当たった。「もしかして、今日きみが何をしていたかおばさまに知られたら、痛めつけられるとでもいうのか？」

アンは激しく首を振った。「とんでもない！　そんなふうに考えないでください。アガサおばさまがわたしを痛めつけたことなど、一度もありません――肉体的には」彼女は下唇を噛んで、ふたたび目を逸らした。

そうかもしれないが、おそらくレディ・クロフォードはこのエンジェルに聞かせるべきではないような言葉で厳しく叱責するのだろう。このソファをレディ・クロフォードに気づかれることなく取り替える方法はないだろうか？――いや、ひとつ、良さそうな方法がある。

「明日の朝まで、おばさまたちをこの部屋に入れないようにできるかな？」

アンは訝しげに彼を見あげた。「やってみますけれど――何を考えてらっしゃるの？」

チャスは両手を広げた。「べつに何も。とにかく、くよくよしないことだ」と言って、一礼して部屋を出た。

外で彼を待っていたレスリーは、彼の思いつきにあまり乗り気ではなかった。

「奉仕活動《レイバー・オブ・ラブ》だと思ってくれないか」不満顔のレスリーに、チャスはにやにやしながら言った。

レスリーはうめいた。「われわれは愛《ラブ》の名においていろいろと風変わりなことをしてきたが、チャス、今回のはばかげている！　あの二人掛けのソファをどこで見つけるつもりなんだ？」

「むずかしいことじゃない」バートが御者席にのぼりながら言った。「われわれの両親の世代に人気があったのがあんなソファだった。屋根裏にあっても不思議じゃない」

だが、ことはそれほど簡単ではなかった。遅い昼食を取るために家に戻るバートと別れ、チャスとレスリーはクロフォード家の居間にあるものと瓜ふたつのソファを探してロンドンじゅうを歩きまわったが、まったく同じものはなかなか見つからなかった。ひとつはプラムの花柄でなく無地のプラム色で、ひとつはオーク材でなくローズウッド材、ひとつは背もたれのフレームがまっすぐでなくカーブを描いているといった具合だ。店から店へと移動するあいだに、なぜこんなとっぴなことをしようと思いついたのか、考える時間だけはたっぷりあった。

いったいなぜ、自分の誘いをことわった女性をわざわざ助けようとしているのだろう？　それも、かなりまっとうな誘い方だったというのに。チャスは、こんなことをしているのはひとえに、レディ・クロフォードに知られることなく彼女のソファを取り替えるという、いささか倒錯した楽しみのためなのだと自分に言い聞かせた。アンがレディ・クロフォードについて少しだけ語ったことや、バートがレディ・クロフォードの気むずかしく口うるさい性格をほのめかしたことで、当人と知恵比べしたくなっていた。取り替えたソファにアンの二人のおばが座って満足そうにお茶を飲んでいるところを思い浮かべるたびに、にやにやしてしまう。もしそうなれば、彼とアンだけに通じるなかなかおもしろい冗談になりそうだった。

そこまで考えたところで、アンに拒絶されようと――あるいは彼女のおばたちに反対されようと、自分はまた彼女に会う気満々なのだと悟った。彼女は見るからに及び腰だが、どうにかなるだろう。レスリーを別にすれば、アンはこれまで出会っただれよりも気持ちが安らぐ相手だ。彼女はチャス・プレストウィックが最悪の状況に陥っているときに三度会って、そんなときでも受け入れてくれたし、はては一緒に過ごすのを楽しんでさえいるようだった。その話は、だれにも――母にさえしていない。アンはどういうわけか、チャス・プレストウィックには価値があると思わせてくれるし、一緒にいるときは、実際の自分より高潔な人間になったような気さえした。そんな彼女をがっかりさせるようなことは、何が何でもしたくない。

彼は午後に二回自宅に立ち寄り、母親の様子を確認した。一度目はレイムズが昼寝中だと保証し、二度目は母が兄とお茶を飲んでいたので逃げだした。まだマルコムに会う気にはなれない――そのときを先延ばしにすればするほど、事態が悪化するとわかっているのに。彼は気持ちを切り替えて、アンのための奉仕活動に集中した。

暗くなってようやく、彼らはテムズ川沿いにある倉庫でよく似たソファを見つけた。ひんやりした二月の夜、広場を挟んでクロフォード邸の向かいに止めた荷馬車のなかで、レスリーとこれからどうすべきか話し合っていたとき、クロフォード邸の前に貸し馬車が止まり、女性たちが乗りこむのが見えた。みなベルベットのマントと長手袋を身につけているので、しばらく留守にするのだとわかる。馬車が出発するのを見計らって、彼らはソファを運びあげ、屋敷のなかに入った。

「何をなさっているんです？」玄関広間で息をついていると、黒っぽい髪のメイドが現れて二人を問い詰めた。

レスリーはチャスを見て悲しげにほほえんだ。「召使いはいないと思っていた」

「あるじと一緒に出かけたはずだが」チャスはささやき返すと、糊のきいた白いエプロンを着け、腰に手を当てて行く手を阻んでいるメイドに向きなおった。「そこをどいてくれないか、娘さん。配達が遅れたら、レディ・クロフォードから大目玉を食らうぞ」

メイドはたじろいだが、なおもその場を動かなかった。「奥さまから、今夜配達があるとは伺っていません」

「こんなにすぐ届くとは思わなかったんだろう。さあ、どいたどいた。まったく、なんでこんなに重いんだ」ソファを持ちあげると、チャスはひじでメイドを押しのけ、後ろ向きで居間に入った。反対側を持ったレスリーがその後につづく。メイドは落ち着かなげに彼らの様子を見守っていたが、二人が新しいソファを置き、古いソファを持ちあげて部屋を出ようとしたところで小さく悲鳴をあげた。

「そのソファをどうするんです?」メイドはふたたび彼らの行く手に立ちはだかった。

しかし、チャスはそれまでに言い訳を考えていた。「もちろん、布地を張り替えるために運びだしているんだ。そのあいだ、このソファを使ってもらうことになっている。張り替えが終わったら、こいつと交換だ」

「ソファを貸しだしているんですか？」メイドは眉をひそめた。

「おいおい、レディ・クロフォードを床に座らせたいのか？」チャスが高飛車に言ったので、レスリーは咳きこんで笑いをこらえた。チャスは彼をじろりとにらみつけた。

「でも――奥さまに何と申しあげれば？」

メイドに言われて、チャスは一瞬たじろいだ。だが、機転を利かせるのはお手のものだ。一介のメイドに計画を阻まれるような彼ではなかった。

「もちろん、何も言わなくていいさ。手配したのはミス・アン・フェアチャイルドだ。約束どおりソファを配達したと、ミス・フェアチャイルドに伝えてくれ」彼の言葉に、レスリーは笑うまいと肩をふるわせていた。二人は古いソファを抱え、できるかぎり足早に屋敷を出た。

9

アンはオペラに集中できなかった。このところ、ゆっくり立ち止まって考える時間がなかったから、頭のなかが混乱している。けさの出来事はこれまで体験したことがないような冒険だった。とどめはチャス・プレストウィックから、訪問してかまわないかと言われたことだ。どういうことかしら？　冒険を愛する型破りなチャス・プレストウィックが、内向的で、地味でもの静かな娘と恋に落ちる？　いいえ、きっと何か理由がある。

そのことに気を取られすぎて、アガサおばがその晩どんな出し物を選んだのかもあやふやだった。何にせよ、やたらと声を震わせるアリアはそれほど感動的ではなくて、とても考え事を忘れられるようなものではなかった。

チャス・プレストウィックから訪問したいと言われるなんて！　考えただけで頬が熱くなり、脈が速くなる。そして、自分がしたことといったら――びっくりして何も言えなかったせいで、拒絶されたと彼に思わせてしまった。あのとき、彼の目をよぎった傷ついた表情……。もう一度彼に会えるなら、うまく説明できるかもしれない。

でも、何を説明するの？　たとえ彼に訪問してかまわないと伝えたとしても、アガサおばがけっして許さないだろう。おばには衣食住に教育と、世話になった多大な恩がある。そしておばが見返りに望んでいるのは、姪が申し分ない相手――裕福で、できれば爵位持ちの男性と結婚することだ。

でも、わたしは何を望んでいるの？　ロマンスはさておき、以前は家と夫と、おそらく子どもたちと一緒に静かに暮らすことを望んでいた。アガサおばの言うとおりにすれば、それは達成できるはず。それなのに、ほんとうにチャス・プレストウィックのような人と結婚したいの？　それとも冒険心に流されているだけ？　ロマンスという名のワインに酔って、ほんとうに彼の心をつかんだと思っているの？　もうわからない。

第一幕が終わり、アンは後ろめたくなっておばたちをちらりと見た。二人とも、姪が気もそぞろだったことには少しも気づいていないようだ。

「素敵だったわねえ」ミリセントおばが声をうわずらせて言った。「そう思わない、アガサ？」

「ソプラノの感情がこもってなかったわ」アガサおばはぶつぶつ言った。「第二幕はましになっているといいのだけれど」

「ええ、そうね。あなたはどう思って、アン？」

ちょうどそのとき、ボックス席のドアをだれかがノックしたので、アンはほっとして席を立った。だが扉を開けてまず目に入ったのは、あの緑の瞳だった。アンは何も言えずに立ち尽くした。

チャス・プレストウィックは一礼した。「こんばんは、ミス・フェアチャイルド。きみのおばさま方にご挨拶できたらと思ったんだが……」

「え――ええ、もちろんです」アンが戸惑って脇によけると、チャスがボックス席に入ってきた。

盛装したチャス・プレストウィックは、いつものように人目を引かずにはいられなかった。黒い上着に白いサテンのブリーチズが、贅肉のない体を引き立てている。盛装した紳士の体つきは仕立屋が作りあげたものだと聞いたことがあるが、彼のたくましい肩や脚の動きを見ていると、詰め物が入っているとは思えなかった。ランプの光が黄褐色の髪に反射して金色に輝き、緑の瞳もエメラルドのようにきらめいている。彼はまずミリセントおばにお辞儀をし、それからアガサおばの両手を取った。

アガサは片眼鏡を取りあげ、チャスをじろじろ眺めた。「どなただったかしら？」

「あら、アガサ、あのチャス・プレストウィック坊やをあなたも憶えているはずよ」ミリセントがにっこりして口を挟んだ。「ほら、伯爵家のご子息の」

アガサは彼の目を見た。「たしか、二番目の息子さんだったわね？」

「ええ、そうです」チャスが答えるのを聞いて、アンは彼の愛想よい声が冷めていくのを感じた。

アガサは片眼鏡をおろすと、話はおしまいとばかりに舞台に目を戻した。「残念だこと」

ミリセントがアンよりも先に口を開いた。「もっと早くお会いしていたら、こちらの席にご招待したのに」

「ミスター・プレストウィックは、ご自分のことでお忙しいはずよ」アガサは自分もそうだと言わんばかりだった。

チャスがミリセントおばの頭越しにほほえんだので、アンは顔を赤くした。「いいえ、これほど魅力的なレディとオペラ見物するほど楽しいことはありませんよ」

ミリセントは小さく笑い、アガサはふんと鼻を鳴らした。チャスはアンに目を戻した。

「ミス・フェアチャイルド、第二幕が始まるまで、わたしと少し歩きませんか？　ニーガス（ホットワインに似たカクテル）を飲むとか」

「アンなら、喉は渇いてませんよ」アガサおばが高飛車に言ったので、アンは恥ずかしくなった。喜んでご一緒したいとチャスに言おうとしたとき、またもやミリセントおばに先を越された。

「あら、わたしは何か飲みたいわ」アガサがむっとするのもかまわず、ミリセントはつづけた。「アガサとわたしのために、二人で何か飲み物を持ってきてもらえないかしら」

「では、そうしてちょうだい」アガサおばは不満げに言った。「わたしはミリセントに話したいことがあるから」ミリセントは肩をすくめたが、チャスはそのことに気づかないようだった。あるいは気づかないふりをしてくれたのかもしれない。

「喜んで、飲み物を取りに行ってまいります」チャスが言った。「では、ミス・フェアチャイルド？」

　アンはほっとして、手袋をはめた手をチャスの腕に置いた。ボックス席を出てドアをしっかりと閉めたところで、彼女はチャスを引き留めた。

「ミスター・プレストウィック、おばの無礼をお許しください。おばはあんなふうに、ひどく横柄できつい言い方をすることがあるんです。どうかご理解を――おばはわたしを伯爵以上の爵位を持つ方か裕福な方と結婚させようと決めていて、それ以外の方は友人だろうと訪問者だろうと、まったく取り合おうとしません」手袋の下で、彼の腕から力が抜けていくのがわかった。「でも、ほんとうに悪意はないんです」

チャスが彼女を見おろしてにっこりしたので、アンは胸がどきどきした。「はねつけられるのがわたしだけじゃなくてよかった。ふだんなら、予告もなしに自分から押しかけるようなことはしないんだが――少し思いあがっていたらしい」彼は傷ついたようにつづけた。「もう少し慎重になるべきだった」

「そんなことはありません」おばの言葉が彼を傷つけたかもしれないと思うと、不意に腹が立った。「けさ、アガサおばの毒舌について申しあげたと思いますが、おばに軽んじられても聞き流してください。さもないと、自分が小さくなったように感じてしまいますもの」

チャスがさっと両手を取ったので、アンは思わず身震いした。

「おばさまがきみに対してもあんなふうなら――」彼はかぶりを振って手を放した。

「いや、失礼した。今夜は礼儀作法をたびたび忘れてしまうらしい。さあ、飲み物を取りにいこう」

アンはうなずきながら、彼が非の打ちどころのない紳士に戻ってしまったのをいくぶん残念に思った。二人は広い階段をおり、飲み物が用意されている一角に来た。チャスが先に立ち、人混みのなかをかき分けて進むあいだ、アンは彼がいつものユーモアを取り戻すような言葉はないかと頭を絞って考えたが、混雑がひどくて、早々に彼の腕を放してしまった。おまけに飲み物を取りにいったこともないので、少し離れた壁際で彼を待つしかなかった。

大勢の紳士淑女が腕を組み、対になった階段をのぼりおりしてロビーを行き交うのを眺めるのは壮観だった。オペラ歌手を見物するよりおもしろい。とりわけ粋な装いに身を包んだ男女に気を取られていたとき、だれかに腕をつかまれた。

「あなたにお祝いを言わなくてはね」声の主がエリザベス・スキャントンだったので、アンはぎょっとした。体にぴったりと貼りつくようなアイボリーのガウンをまとい、ポマードで固めた赤い巻き毛を垂らしている。「あなたにはすっかりだまされたわ。教えてちょうだい、あれはあなたとチャスで仕組んだことだったの？　それともあなた一人の思いつき？」

「な――何をおっしゃっているのかわかりません」アンは腕を引き抜こうとした。「ミスター・プレストウィックとは、あのときクランフィールド家の図書室で初めてお会いしたんです」

スキャントン夫人はさらに腕に力を込め、剝きだしになった上腕の柔らかい部分をぎゅっとつねった。アンは思わず顔をしかめた。

スキャントン夫人は目を細めた。「とぼけないで。あなたたち二人が一緒にいるところを見たの。あなたは勝ったと思っているかもしれないけど、あの人はすぐ飽きるわ。あなたは、チャス・プレストウィックを楽しませるようなものを何も持ちあわせてない。よく憶えておくのね」

彼女がさらにぎゅっと腕を握ったので、アンは息を詰まらせた。それからスキャントン夫人は手を放し、現れたときと同じように不意に姿を消した。

アンは自分に言い聞かせた――泣いてはだめ。あんな人にいい気味だと思われるもんですか。わたしは何も悪いことをしていない。

でもそれなら、どうしてこんなにみじめな気持ちになるの？

考えごとに気を取られていたせいで、チャスが隣に現れたときに飛びあがりそうになった。「ここにいたのか。はぐれたのかと思った」彼はたちまち真顔になった。

「どうかしたのか、アン？」

「なんでもありません」アンは嘘をついた。「人混みが苦手で……。行きましょうか」

そしてチャスと腕を組み、おばたちのいるボックス席に戻ろうと彼を引っ張った。チャスはボックス席に入る前に彼女を引き留めた。「アン、震えているじゃないか。何かあったのなら話してくれ」

彼はグラスを壁際に置かれた小さなテーブルに置くと、アンと向かい合って両腕をそっとつかんだ。「だれかに何か言われたのか？」

そんなふうに優しく気づかわれると、思わず泣いてしまいそうになる。アンは彼の手を振りほどこうとした。「いいえ、何でもありません。放してください」

「きみがそう言うなら……」チャスが手を放しかけてすっと息をのんだので、肩越しに振り向いた。チャスが彼女の腕をじっと見ている。手で触れただけで、スキャントン夫人につねられた場所がみみず腫れになっているのがわかった。アンはうめいた。

「いったい――」チャスが言いかけたとき、壁越しにオーケストラの演奏が聞こえてきた。第二幕が始まる。

アンは彼から離れた。「おばたちが心配しているはずです。お願いですから、もう戻りましょう」そう言って、ボックス席のドアに近づいた。チャスはやむなくふたつのグラスを取りあげ、アンにつづいてボックス席に入った。

アンは座席に座り、チャスは飲み物を彼女のおばたちに渡した。彼が何かおもしろいことを言ったのか、ミリセントおばが声を立てて笑っている。アンは座席にきちんと座り、両手を膝のうえで組み合わせて舞台に目をやった。チャスが隣に座ったのがわかった。

いったい、どうしてしまったのかしら？　アンは自問自答した。チャス・プレストウィックと出会ってから、彼女の行動はどんどん不適切になっていた。馬車を飛ばしている彼の隣に座り、暖炉の明かりのなかでたがいに秘密を打ち明け、けが人と思われた男性を屋敷に運びこんだ。そのときは何も考えずにそうしていたが、いま思い出すと顔が熱くなってくる。

スキャントン夫人の言うとおりなのかしら？　出会ったときから、無意識のうちに彼の気を引こうとしていたの？　もしそうなら、今日の午後、彼から訪問を申しこみたいと言われたことや、今夜彼がボックス席に現れたことを考え合わせると、うまくやっていたと言える。アン・フェアチャイルドは、ほんとうにスキャントン夫人並みに抜け目がない人間なのだろうか。

考えながら、またもや自問自答していた。結局、わたしは何が望みなの？——わからない。彼女は一人、ぽつんと取り残されたような気分になっていた。

ようやく気持ちが落ち着いて、音楽が耳に入ってきた。とりわけ感動的な場面でバリトンの歌手が朗々とアリアを歌いあげていたとき、チャスの手が腕に触れ、彼女は体をこわばらせた。

「これまで、気に障るようなことをしたのなら許してほしい」耳元でささやかれて、彼の息を感じた。「何とか埋め合わせをしたいんだが」

「その必要はありません」アンはささやき返しながら、両頰に熱い涙がこぼれるのを感じて驚いた。彼は黙って手を引っこめたが、暗がりのなかで隣に彼がいると、不思議と気持ちが落ち着いた。彼に触れられて、取り残されたような感覚はなくなっていた。

第二幕が拍手のうちに幕を閉じたとき、彼女は決断しなくてはならないことに気づいた。もっと考える時間があればいいのに！

あいにく、最初に立ちあがったアガサおばがその場を仕切ろうとした。「では、いろいろとありがとうございました、ミスター・プレストウィック」彼女はふんと鼻を鳴らして言った。「お引き留めはしませんから」

「神が男性を創りたもうたのは、女性に奉仕するためですから」チャスはアンにウィンクし、颯爽とお辞儀をした。

「神の思し召しとは思えないわね」アガサおばが言った。

「それでも、何なりとおっしゃってください、マダム。みなさんをご自宅までお送りしても？」

「まあ、喜んで――」ミリセントが言いかけたのを、アガサがさえぎった。

「いいえ、結構です」

アンの忍耐は限界に達していた。さっきつねられたところがずきずき痛むし、チャスやおばたちの前でずっと感情を抑えつけていたせいで、頭も痛くなりかけている。自分が何を望んでいるのか、はっきりと悟ったのはそのときだった。受け入れて、認めてくれるところにいたい。そんなふうに感じさせてくれた人は、いままで一人しかいなかった。

彼女はチャスの腕に自分の腕をまわし、彼が一瞬、驚いた表情を浮かべるのを見て満足した。「ご親切にありがとうございます、ミスター・プレストウィック。おばたちは貸し馬車で帰りますが、わたしは自家用の馬車に乗ってみたいと思っていたんです。ではおばさま方、帰宅したらお会いしましょう」そしておばたちがひとことも発する間もなくチャスを引っ張り、自分のマントをつかんでボックス席を出た。

10

チャスは腕を組んでいる女性を見おろし、果たして彼女は自分が魅了された冷静沈着なレディと同じ人なのだろうかと訝った。こんな彼女は見たことがない。石のように強く、氷のように冷静で、自分が何を望んでいるのかよくわかっている。この女性はあのエンジェルなのか、それとも魔法使いなのか？ どちらにしても魅惑的だ。

その夜は代わりのソファを見つけたことがうれしくて、どこかで会ってアンの反応を見たくてたまらなかった。彼女とおばたちが夜用の外出着を着て出かけたのなら、目的はオペラ見物か観劇しかない。彼は何人かの劇場支配人と知り合いで、主だった劇場に好きなときに出入りすることができた。レスリーと別れて家にこっそり戻り、母親がベッドで問題なく眠っていることを確認して、着替えるまでにほんの少ししかかからなかった。

三番目に入った劇場でアンたちを見つけたのは幸運だった。一階席から友人のオペラグラスでボックス席を見渡して見つけたのだ。アンの横にいる鷲鼻《わしばな》で黒服の女性は、間違いなくレディ・クロフォードだろう。その険しい表情が、アンの控えめな美しさをいっそう際立たせている。アンは肩を出し、ウエストを高く絞ったクランベリー色のガウンを着て、金の鎖にルビーをちりばめたロケットを首からさげていた。髪をまた後ろでまとめて結っているのを見ると、ほどきたくてたまらなくなる。彼女は落ち着き払っていて、この世に何の悩みもないように見えた。

第一幕が終わるまでじっとがまんし、それから初恋の相手に好印象を与えようと必死になっている少年のように、勇んで彼女のボックス席に駆けつけた。レディ・クロフォードの態度にはがっくりしたが、一緒に座らないかと誘われて気を取りなおした。運がよければ、全員を家まで送って、アンがソファにどう反応するか、じかに見届けることができる。

そう思って、アンにはソファのことを言わなかった。レディ・クロフォードに軽んじられた後で彼女に優しくされたときは、落ち着きを取り戻すのにかなりの時間がかかった。飲み物を持って戻ったときに彼女の様子が変わっていて、腕に痣までできていたのを見たときは困惑したが、暗闇で彼女がささやき返してきたときは奇妙な満足感を覚えた。そして彼女がおばの意見に真っ向から対立して、彼の側に身を置くことにしたときには驚かされた。どうやら自分は、この女性のことをあまりよく知らなかったらしい。

アンはいま、顔を赤らめ、性急な決断を後悔しているかのように下唇を噛んでいた。彼の一部はアンをおばたちの元へ帰らせようとしていたが、もっと利己的な部分はこの機を逃すなと主張していた。彼は黒いベルベットのマントを彼女の肩に掛け、できるかぎり愛想よくほほえみ、馬車に乗ろうと彼女を外に連れだした。

劇場の前は混雑していた。あらゆる方向に馬車の列が伸びている。だがチャスの御者は巧みだった。チャスが指笛を吹くと、数秒で馬車が来た。彼はアンに手を貸して馬車に乗りこませると、御者に行く先を告げ、アンの向かい側に乗りこんだ。

馬車は走りだした。チャスはアンをじっと見ていたが、彼女の気分はわからなかった。アンは目を合わせようとせずに、窓の外を見つめている。その古典的な顔立ちは、ギリシャの神々の胸像を思い出させた。自分が見ているのは穀物豊穣の女神デメテルか、愛と美の女神アフロディテか、あるいは月の女神ダイアナだろうか？　いいや、知恵の女神アテナに違いない。彼女はきちんとしたレディだから、慎重に扱う必要がある。

「何かわたしに話したいことがあるのか？」アンの顔が月明かりとランプの光に照らされるのを見つめながら、チャスは口を開いた。

アンは窓の外を見つめたまま答えた。「いいえ」

「変だな。レディは何か思うところがないかぎり、紳士を丸めこんで二人きりになったりしないものだが」

アンは眉をひそめた。「あなたにはそういう経験がたくさんおありなのね」

彼女に初めて批判めいたことを言われて、彼の胸は意外なほど痛んだ。「スキャントン夫人のことを言っているのか？」

「スキャントン夫人や、あなたのほかの愛人たちです。ある方から、わたしにはその方たちの仲間入りをするだけの資格がないと言われました」

彼は言葉に詰まった。アンがそんなことを言われたという怒りと、彼女は愛人になりたがっているのかもしれないという驚きが頭のなかでせめぎ合っている。結局、怒りがまさった。

「だれにそんなことを言われたんだ？」彼は問い詰めた。

アンはうんざりしたように肩をすくめた。「だれに言われたかは関係ないでしょう。わたしがあなたを丸めこんだのは、おばたちの会話にそれ以上がまんがならなかったからです。きちんとした姪を演じ、おばたちがわたしの気持ちをボール遊びをするようにもてあそぶのを見るのはもうたくさん。それだけですわ」

つまり自分は、彼女が自立していることを示すための便利な小道具に過ぎなかったのか。チャスはなおさら腹が立った。「よくわかった、ミス・フェアチャイルド。馬車でのひとときを楽しんでくれ」感情を押し殺して反対側の窓に目をやったが、やがてすすり泣くような音が聞こえてきた。見ると、アンが涙を流している。チャスは後ろめたくなった。

「なんてことだ、アン、泣かないでくれ！　きみを傷つけるつもりはなかった。この舌のせいだ」

「あなたのせいでは……」アンはしゃくりあげながら言った。「今夜はいつもの自分じゃないみたい。とにかく、もう――一分も――がまんできなかったんです」

チャスはアンの隣に来てそっと抱き寄せ、怯えた子どもをなだめるように髪を撫でてやった。編んだ髪がサテンのように滑らかだ。アンがすすり泣くのを聞いていると、胸が締めつけられるように痛んだ。

「お願いだ、アン。何があったのか話してくれないか？　だれかがきみを傷つけたのなら、わたしが決闘を申しこんでやる」

アンは洟をすすりながら彼から離れた。シャツが濡れたところが夜の空気に触れてひんやりする。「いいえ、もう蒸し返さないで。ほんとうにもう大丈夫なんです。

あなたの胸を濡らしてしまってごめんなさい。もう大丈夫ですから。どうか、もう――」

「――気にしないでと言うのか？」チャスは口を歪めて言った。アンはこちらが石でできていると思っているのだろうか？　女性が流す涙に何の意味もないと？　不意に、リザがすすり泣いていたとき自分が残酷なまでに無頓着だったことを思い出した。チャス・プレストウィックが最低の男だった瞬間を、アンは何度か見ている。彼女に対しても無関心だと思われていても不思議はない。

次の言葉を思いつく前に、馬車が止まった。御者は心得たもので、主人が天井を叩かなければドアを開けない。チャス・プレストウィックに対するアンの印象を修正する機会はこのときしかなかった。不思議なほど舌がこわばっていたが、チャスはやってみることにした。

「アン、これからわたしが言うことを信じてくれないか。きみのことをとても大切に思っている。わたしで力になれることがあるなら、何なりと言ってくれ」彼は涙で潤んでいるアンの瞳を見つめながら言うと、濡れた頰をそっと拭った。「わたし自身、バート・グレシャムと同じくらい頼りない男だが、きみのためならドラゴンとでも戦うつもりだ」

優しくほほえみ返す彼女を見て、鼓動が速まった。どうしようもなかった。彼女をそっと抱き寄せ、唇を重ねた。

キスをしたのは自分の言葉を裏づけるためで、まっとうなレディならだれでもそうするように彼女も抵抗するものと思っていた。だが驚いたことに、彼女はみずから身を委ね、唇を開き、両手を背中に滑らせて、彼を抱き寄せようとしてくる。彼もアンの背にまわした手に力を込めて唇を貪った。くらくらして、彼女を自分の屋敷に連れていってものにしてはどうだと、とてもまっとうとは思えない考えが頭をよぎった。

その〝まっとう〟という言葉が、頭のなかで鳴り響いた。彼はアンを離すと、座りなおして自問自答した。彼女は夜の闇に紛れて連れ去るような女性ではない。こんなふうに唇を重ねた彼女には、生涯愛するという結婚の誓いを聞く権利がある。

チャスは気持ちを落ち着け、彼女に何と言おうか考えた。

アンは閉じていた目をゆっくりと開け、悲しそうに彼を見て目を伏せた。

「スキャントン夫人の言ったとおりだった……」彼女は声を震わせて笑った。「愚かな試みだったわ。ごめんなさい、チャス。わたしは浮わついた女性にはなれないみたい」チャスが返事をする前に、アンはドアを開けてさっと馬車を降り、屋敷に走った。チャスは動くことも、彼女を呼びとめることもできなかった。何と言っていいのかわからなかった。彼女はまたもや、率直な言葉で彼の不意を突いた。

ほかの馬車が近づいてくる音が聞こえたので、彼は御者に馬車を出すよう合図した。自分自身でも説明がつかないのに、彼女のおばたちに説明できるわけがない。

11

アンは恥ずかしさのあまり、真っ赤になって寝室のドアにもたれかかった。どうしてあんなに恥知らずなまねをしたの？　娼婦みたいに体を押しつけて！　これまで敬意を払われていたとしても、今夜の行動で台なしになってしまった。チャス・プレストウィックがボックス席のドアに現れたときから、自分は気まぐれで、うっとうしくて、理屈っぽくて、奔放だった。彼は嫌悪感しか感じなかっただろう。

でも、彼に抱かれているときは、心臓の鼓動と息づかいが速くなって、その手にさらに力が込められるのを感じた。貪《むさぼ》るようなキスが、きみがほしいと告げていて――そして彼は、緑の瞳に愕然とした表情を浮かべて体を離した。

ばかね！　アンは長手袋をぐいと引き抜いて、腕の痛みに顔をしかめた。何を考えていたの？　これまで何人もの女性が涙をのんでいるのに、彼の愛を勝ち取れると思う？　体を委ねることが愛の証だとでも？　スキャントン夫人の言葉が、ふたたび頭のなかでこだました――あなたは、チャス・プレストウィックを楽しませるようなものを何も持ちあわせてない。今夜、それがわかった。

彼にキスを許すことで――いいえ、促すことで、何をしようとしていたの？　心の奥底で、エリザベス・スキャントンのようになりたいと本気で思っていた？――ガウンを脱ぎながら、ぶるっと身震いしてその考えを打ち消した。それなら、彼の気を引くために、ほかの女性たちと競い合えることを示そうとしたの？　それとも、ほかのことはどうでもよくなるほど、あっという間に彼に恋をしてしまったのかしら？　彼に恋をしているの？　それとも、彼の冒険心に恋をしているの？

チャスは何と言ったかしら？――きみのことをとても大切に思っている？　その素晴らしい言葉に、どれほどうっとりしたことか。けれども、その言葉はもう真実とは言えない。彼はもう、二度と訪ねて来ないから。それもみんな自分のせい。

もう泣く元気もないほど疲れていたので、ベスの助けをことわってベッドに潜りこみ、暖炉の炎が消えていくのをじっと見守った。自分に対するチャスの気持ちも、きっとこんなふうに消えようとしているのだろう。それから長い時間が経ってようやく、アンは眠りに落ちた。

前日も大変だったが、アンにとって、目覚めたその日はさらにひどい一日になりそうだった。部屋は冷え冷えとし、頭はずきずきして、睡眠不足で目は赤く、顔は青白くなってそばかすも出ている。アガサおばからゆうべの不躾な行動について長々と説教されるのはわかっていたので、下階に行くのをできるかぎり先延ばしにした。しまいに朝食室に行かずにすむようにベスに頼みこんで、厨房にお茶とトーストを用意してもらった。

親切なメイドは、アガサおばが後で友人宅に行くので、午後まで〝頭を低くして〟おけばいいことを教えてくれた。しかし間の悪いことに、アンが寝室のドアの取っ手に手を掛けたとき、アガサおばの寝室のドアが開いた。アガサおばはしかめ面で人差し指を曲げて手招きし、部屋まで来るように合図した。アンは今回ばかりは叱られて当然だとわかっていたので、ため息をついておばの部屋に向かった。

「ゆうべあなたがしたことについて、説明することがあるはずよ」アガサおばはふんと鼻を鳴らすと、暖炉のそばのスツールを指さした。アンはそこに腰をおろし、向かいの肘掛け椅子におばが座るのを見守った。だがその鋭い灰色の目を見ることができなくて、代わりに暖炉に目をやった。驚いたことに、火床が空っぽだ。アガサおばはいつ部屋を暖めたのだろう。その謎を解く前に、おばが口を開いた。

「さあ、何か言うことはないの？」

アンは普段着の青いポプリン・ドレスの裾からのぞく爪先に目を落とした。「いいえ、おばさま」力なく答えた。がみがみ言われてもがまんして、できるだけ早く逃げだすつもりだった。

「わたしを見なさい」アガサおばに言われて、アンはようやく目をあげた。おばの目には推しはかるような、よくわからない表情が浮かんでいたが、アンが予想していたような怒りや不快感は見当たらなかった。それどころか、おばは懸命に顔を歪めている。驚いた――アガサおばさまがほほえもうとしている！

「勘違いしないで。何もあなたを食べようとしてるんじゃないのよ」アガサおばは、アンがほっとするのを見てつづけた。「ただ、ほんとうのことが知りたいの。あなたは自分が、あのプレストウィックという男性に恋をしていると思っているの？」

アンは肩をすくめて、正直に答えた。「それがわかるといいんですけれど。あの方は、これまで知り合ったどんな男性とも違います」

アガサは目を細めた。「違う？　気持ちはわかるけれど、〝違い〟は人を引きつけることもあれば、遠ざけることもあるのよ」おばはまじまじとアンを見つめた。

「あの人は、あなたにはふさわしくないわ」

アンは思わず笑った。「それはどうでしょう」

アガサは彼女に向かって指を振り立てた。「わたしの言うことを信じなさい！

あの人の魅力にあらがうには、そう信じるしかないわ。あなたよりたやすく落とせる獲物が、あの魅力に負けて踏みにじられてきたのよ」

「それについてもどうかと思います」アンはおばの刺すようなまなざしをものともせずに言い返した。

「どういうこと？　あなたよりだまされやすい人がいないという意味？」

「いいえ、あの方はだれも傷つけていません」そのとき、クランフィールド家の図書室でエリザベス・スキャントンが泣いていた光景がぱっと浮かんで、アンは目を伏せた。「少なくとも――進んで身を任せた方を除いては」

「そうした女性の仲間入りをしないようにしてもらわないと」アガサおばは言った。

「今日から、わが家はプレストウィック家と関わりませんからね。いいこと？」

アンはさっと立ちあがった。「よくわかりました、アガサおばさま。ご心配は無用です。ゆうべお会いしたのを最後に、ミスター・プレストウィックには二度とお会いしないでしょうから」

あいにく、その日の受難はそれで終わりではなかった。ピアノはいくら練習しても上手に弾けるようにならなかったし、食事の際には派手にスープをこぼしてしまった。

さらにまずいことに、午後にモーティマー・デントが前触れもなく現れ、新たに彼が獲得した詩人としての名声についてアンが尋ねる間もなく、ジュリアン・ヒルクロフトが訪ねてきた。ヒルクロフトは同席者がいることにあまりいい顔はせず、二人がにらみ合い、遠まわしに悪口を言い合って、しまいに憤慨して出ていくまで、アンは十五分ほどがまんしなくてはならなかった。お茶の時間になってようやく、彼女はほっとしてソファに座り、おばたちの意見の相違に耳を傾けた。そして、ソファの血の染みをきれいにしていなかったことを思いだした。

はっとしてソファの隅に目をやったが、どういうわけか染みがなかった。チャスは何とかするようなことを言っていたけれど、いったいどうしたのかしら？　まばたきして、顔を近づけて見た。間違いない。染みはあとかたもなく消えている。

そのソファには、変わっていることがほかにもあった。たとえば、仕立てなおしたドレスをこの部屋で試着しているときに、ベスがうっかりはさみを落としてできた裂け目――丁寧につくろってあるけど、事情を知る者が見ればそれとわかる裂け目がない。昨年、クリスマスの飾りつけをしていて梯子《はしご》を倒したときにできた傷もなくなっていた。ここにあるのは、記憶にあるよりずっと状態がいいソファだ。

おばたちの様子をちらりと見たが、二人とも彼女がたじろいだことに気づいていないようだった。これは違うソファだ。どうやったのか、チャスはまったく同じソファを見つけて、おばたちに知られることなく運びこんだ。彼とレスリー（もちろん、レスリーがいたはず）が重たいソファを運んでいるところを思い浮かべて、アンはほほえまずにはいられなかった。

「アン・フェアチャイルド、あなたに言ってるのよ！」

アンはぎくりとして、お茶をこぼしそうになった。「ごめんなさい、アガサおばさま」

「またぼんやりして、困った子だこと。お茶をこぼしたらどうするの？　代わりのソファなんてどこにもないのよ」

アンがなぜそんなにもおかしそうに笑ったのか、二人のおばには知る由もなかった。

12

チャスの朝の始まりは最悪で、目が覚めると、ひと晩じゅう飲んだときよりひどい気分になっていた。レイムズの従者としての仕事ぶりが、にわかにのろまで気の利かないものに思えただけではない。前日に息子が家にいなかったせいで母は明らかに不機嫌になっていたし、朝食の時間にミリセント・フェアチャイルドが来なかったことも状況を悪くしていた。母に午前中ずっとそばにいるように言われたせいで、訪ねてきたレスリーを、食事の約束をして追い返さなくてはならなかった。そしてさらにまずいことに、居間の片隅に長らく放置されていたピアノの覆いを外すのを手伝っていたとき、兄のマルコムが到着した。チャスは、母親が目を輝かせて深くお辞儀をするのをただ見守るしかなかった。

「閣下、ようこそおいでくださいました」母はほほえんで言った。

マルコムは険しい表情をやわらげ、王が信頼する召使いにするように、立ちあがるように促した。

「お元気そうですね、レディ・プレストウィック」マルコムはつづけた。「ロンドンでの生活を楽しんでらっしゃるようだ」そして、彼女が楽しんでいたとしてもお前は関係ないのだろうとばかりにチャスを一瞥した。

母は目を落とすと、茶色いシルク・ドレスのワイン色の縁取りをいじりはじめた。

「楽しんで――いますわ」そして目をあげ、期待するように言った。「お茶をしにいらしたの？」

マルコムはほほえみ返した。「残念ながら違います。しかし、夕食をご一緒できたら光栄ですね」

母は両手を組み合わせた。「まあ、素敵だこと。そうよね、チャス？」

「楽しみにしています」チャスは顔に出ている不快感を隠すためにさっとお辞儀した。顔をあげると、マルコムが彼を険しいまなざしで見ていた。

「チャス、二人きりで話をしても？」

そう来ると思っていた。彼は返事をする代わりに、そっけなく肩をすくめた。母が心配そうに二人を交互に見ている。

「チャス、何も悪いことはしてないわよね？」

母の言葉は、なぜかバターを切る熱いナイフのように彼の心の鎧を切り裂いた。

そのとおり何も悪いことはしていないと言おうとしたとき、マルコムが代わりに答えた。

「チャスの振る舞いは模範的です。至らないのはわたしのほうですよ」

チャスがあっけにとられる傍らで、母が急いで言った。「そんな！　あなたはまさに善良で高貴な人よ」

マルコムは一瞬顔をしかめたが、すぐに笑顔を作って応じた。「いつもながら、優しい方だ。では、しばらくしたら戻りますので」彼はチャスに目配せし、先に立って図書室に向かった。

暗い羽目板張りの図書室では、書棚に並ぶ革装丁の本の金文字が日光を反射していた。マルコムは四つある革張りの肘掛け椅子のひとつに腰掛けるようチャスに合図し、自分はその向かいに座った。チャスは不安を覚えながら腰をおろした。

「昨日のわたしの行動について、謝罪しなくてはならない」マルコムは前置きなしに話しはじめた。「ピーターズバラの手綱さばきは気に入らなかったが、だからといってレディを侮辱するべきではなかった。あのとき、謝罪させてくれたことに感謝する」

チャスは釣り針にかかった魚のように面食らっていた。マルコムは謝罪したことなど、これまでただの一度もない。しかも、自分の過ちまで認めるとは。チャスは何年かぶりにまじまじと兄の顔を見て、数年前からこめかみのあたりに白いものが混じりはじめた黒い髪が、少し薄くなっていることに気づいた。いかめしかった横顔も、頬がこけ、まぶたも垂れさがっているせいで、以前よりやつれて見える。ぴったりと仕立ててあるはずの上着とズボンも、ところどころだぶついていた。

チャスは眉をひそめた。「どこか具合が悪いんですか？」

マルコムは青い目を丸くすると、立ちあがって、笑いながら答えた。「わたしが過ちを認めたのがそんなに珍しいか？　レディかそうでないか、見分けるのに病気になる必要はないだろう、この間抜けが」

チャスは悪態を聞き流すことにした。マルコムが正直に言うのを拒んだとしても、それ自体は珍しいことではない。それに彼は、気さくな兄を演じることもできる。チャスは背もたれにもたれて、足首のところで足を組んだ。

「それで、どうして彼女がレディだとわかったんです？　ふだんはわたしの言い分など信用しないのに」

マルコムは窓のほうに目をやった。「人に調べさせた」

チャスはかっとして立ちあがった。「勝手なことを！」

「おい、座らないか」マルコムは向きなおった。「レディの名誉を巡って殺すと脅されたら、その女性の素性を調べるくらいのことはするさ」

チャスは怒りのあまり座ることができずに、部屋のなかを歩きまわった。「それで、何がわかったんです？」

マルコムは肩をすくめ、ふたたび窓から差しこむ日光に目をやった。「ミス・フェアチャイルドが良家の令嬢なのは間違いない。お前の気持ちは真剣らしいな」

チャスはいっとき自分を抑えようとしたが、怒りはこらえきれなかった。「あなたには関係ないことでしょう。これはすべて、彼女とわたしの問題です」

マルコムはさっと彼に向きなおった。「ほんとうにそう思うのか？　お前が好き放題したら、尻拭いはだれがするんだ？　田舎で種をばらまいて庶子を作っているほかの若い連中と何も変わらないくせに」

チャスは頭を反らして笑い、マルコムの顔に困惑の表情がよぎるのを楽しんだ。「見当違いもいいところですよ、兄上。わたしは遊ぶ相手を心得ているし、庶子もいない。さあ、ほかにどんなやり方でわたしを侮辱するつもりなんです？」

マルコムはどうにか平静を保った。「わたしはただ、ミス・フェアチャイルドの評判が傷つかないように気を配ってほしいだけだ。見たところ、まっとうなレディのようだからな。お前にしても、彼女を辱めるようなまねはしたくないはずだ――

昨日、お前自身がはっきりさせたように」

チャスはそう簡単に彼を許すつもりはなかった。「では、もしわたしが彼女に結婚を申しこむことにしたら？」

彼はマルコムが反対するものと思っていた。彼が選ぶような女性のなかに、プレストウィックの名にふさわしいレディはいないと。だが意外なことに、マルコムはふたたび肩をすくめて答えた。「あの女性なら、お前の良き妻になりそうだ」

「言っておきますが――」チャスは押し殺した声で言った。「――ミス・フェアチャイルドが気に入ったふりをして、わたしを彼女から遠ざけようとされているのなら――」

「おい」マルコムはため息をついた。「こんな子どもじみたやりとりはやめないか？　あのレディには敬服せざるを得なかったし、あれ以来わかったことも、すべてその事実を裏づけている。さて、そろそろ行かないと――夕食のときにまた会えるな？」

チャスはうなずいたが、兄の態度をどう受け止めたらいいのか、まだ計りかねていた。マルコムは会釈してドアに向かったが、そこで振り向いた。「その女性のためにお前が立ち向かってきたのを見て、お前という人間を心底見直した。彼女にまた会って、あのときの良からぬ印象を正してもらうのを楽しみにしている」

チャスはあっけにとられて兄を見送った。


レスリーが来たとき、チャスはカーテンが引かれ、ろうそくが半分しか灯ってない洞窟のような食事室にいた。暗がりはいまの気分にふさわしかった。マルコム、アン、そして自分自身と、どう折り合いをつければいいのか、まだわからない。

「きみはいつも、付き合う相手を間違えてるんだ、チャス」レスリーは挨拶がわりに彼の背中をぽんと叩いたが、じろりとにらまれて少し後ずさった。「このところ、あの守護天使に入れこみすぎだ。そんな陰気な顔をするなよ！　ゆうべ、コヴェント・ガーデンに最高に魅力的な踊り子がいたぞ」

「遠慮する。オペラの踊り子には何の興味もない」

「なんてこった！　それが悪名高いチャス・プレストウィックのせりふか？　がっかりさせるなよ」レスリーは友人の顔をまじまじと見ると、サテンの背もたれ付きの椅子を引き寄せ、マホガニーのテーブルに着いている彼の横に座った。「こんなに暗い顔は初めて見た。ミス・フェアチャイルドはソファをお気に召さなかったのか？」

「わからない」チャスはぼんやりとお茶を飲んで、ゆうべ何が起きたのか、またもや考えを巡らせていたことに気づいた。「彼女とはその話をしなかったし、こちらもソファのことは聞かなかった」

レスリーは彼をじっと見た。「それなら、なぜそんなに浮かない顔をしているんだ？　まさか、結婚を申しこんだのか？　そしてことわられたとか？」

「いいかげんにしろ」チャスはぴしりと言った。「第一に、レディ・クロフォードはアンのために爵位持ちか裕福な相手を見つけようとしている。だからわたしは訪問の許しをもらってないし、ましてや結婚など申しこめるわけがない。第二に――」アンのように分別のある娘がチャス・プレストウィックを選ぶわけがない、と言おうとしたとき、ゆうべの記憶がふっとよみがえった。アンを抱きしめ、涙の味がする唇を味わったあのとき……。「第二に、わたしは彼女にふさわしくない」

レスリーは驚いたように言った。「おいおい、きみは自分のほんとうの評判を知らないのか？　わたしが知っているチャス・プレストウィックは、懐が深くて、情に厚く――」

「――子犬や子どもに優しくて――」

「――未亡人や親のない子どもにも親切で――」

「そう、とりわけ未亡人には親切だ」

「まったくだな」レスリーは言った。「要するにきみは、男とはかくあるべきという、お手本のような人間なんだ。ミス・フェアチャイルドにそれがわからないのなら、きみにふさわしくないのは彼女のほうだ」

「もうやめろ、レス。わたしがどんな人間だろうと関係ない。なぜなら、彼女にはもう二度と会わないからだ」彼がそう言って目をあげると、レスリーが腕組みをして彼をじっと見つめていた。「どうした？」

「いまのきみは、まるで自分自身に死を宣告するようだったぞ。ミス・フェアチャイルドに恋をしているんだろう？　今回は遊びじゃない」

チャスはため息をついた。「そうだ、レスリー、これは遊びじゃない。もしゲームなら、ミス・フェアチャイルドが勝ちをおさめている。彼女のことが頭から離れそうもない」

「それなのに、あきらめるのか」

チャスは肩をすくめた。「そうするしかない。彼女のおばに、完全に同意するよ。ミス・フェアチャイルドには、わたしよりずっと立派な人間がふさわしい」

「彼女はどう思ってるんだ？」

「言っただろう、わからないと」

「ふむ、そう言いながら、口元を緩めて目を逸らすのか」レスリーはにやにやしながらつづけた。「彼女はきみをふさわしい相手だと思っているが、きみはそれ以上踏みこむ勇気がないといったところかな」

「そこまでだ、レス！」チャスは声を荒らげた。「やめろと言っただろう！」ティーカップを乱暴にテーブルに置いたので、果物を盛ったエパーン（銀製の脚付き飾り皿）がぶるぶると震えた。

レスリーの視線を感じて、彼はきまり悪そうにカップを置きなおした。「わたしの前で、ミス・フェアチャイルドのことは二度と話題にしないでくれ。いいな？」

「ああ、いいとも」レスリーはさっと立ちあがってクラヴァットを直した。「そろそろ失礼する。これからある人を訪問するんでね」

「ほう？　さっき言ってたオペラ劇場の踊り子か？」

「まさか」レスリーはふんと鼻を鳴らしたが、その黒っぽい瞳は愉快そうにきらめいていた。「わたしの身分でそんなことはしないさ。実はいま、きみが会うのを避けているレディにぞっこんでね。わたしは侯爵の一人息子で、いずれ爵位を継ぐことになっているから、結婚を申しこんだら即座に承諾してもらえる。かの有名なチャス・プレストウィックがなし得なかったことをやってみてもいいだろう？」

レスリーがふざけているのはわかっていたが、チャスは立ちあがらずにはいられなかった。「彼女に指一本でも触れてみろ。かならず――」

「いいぞ！」レスリーは彼の鼻先で指を振り立てた。「その意気だ！　弱気になったら、けっして美しい女性を勝ち取れないからな。しっかりしろ、チャス！　彼女の背後に年配のおばが二人いたところで、何ということはないだろう！　ミス・フェアチャイルドはきみにぴったりだ。きみの母上や兄上も、きっと気に入ってくれる」

「マルコムはすでに、背中を押してくれた」チャスはつぶやいた。

「それなら結婚を申しこめばいいじゃないか。何を失うというんだ？」

チャスは力なく肩をすくめた。「プライドと、心の平安だけだ」

「くだらない！」レスリーはつづけた。「そういう危険を冒すだけの価値があるんじゃないのか？」

「たしかに」チャスはいつしかほほえんでいた。「たしかにそのとおりだ」レスリーの言葉は、その日初めて希望の光をもたらした。結局、アンを勝ちとることはできるかもしれない。アンが愛してくれるのなら――ゆうべの彼女の行動がそうだと示していた――アガサ・クロフォードのような口やかましい女性に邪魔させるつもりはなかった。必要とあれば、アンと一緒にスコットランドのグレトナ・グリーン（イングランドとの国境にある村）まで逃げて結婚してもいい。

「それで――」レスリーが言った。「――これからどうする？」

チャスはふたたび湧きあがってきた不安を抑えた。「何かいい案はあるか？」

「何も。わたしは盛りあげ役で、計画を思いつくのはいつもきみじゃないか」

「二人揃って役立たずか？　そうだな――正面切っての攻撃は論外だ。レディ・クロフォードには到底かなわない。今後数日、ミス・フェアチャイルドとおばたちがどこに出かけるのか調べて、招待してもらうことはできないだろうか？」

レスリーは顔をほころばせた。

結局、そのもくろみは実現した。レスリーの従者は、クロフォード家の従僕ヘンリーの姪の恋人の又従兄弟の子に当たる。そのつてで、二日後の夜に、アンと二人のおばが舞踏会に出かけることがわかった。行き先は、かつてレスリーのおじと昵《じっ》懇《こん》にしていた女性の屋敷だ。招待状を手に入れるには、その女性を訪問するだけでよかった。

それまでの二日間は何事もなく過ぎていったが、何もしないことに慣れていないチャスにとっては、あまり楽しい時間とは言えなかった。彼は兄や母との夕食をそつなくこなし、ピアノの連弾まで一緒にして母を喜ばせたが、ミリセント・フェアチャイルド夫人は相変わらず訪ねてこなかった。どうにかして、フェアチャイルド家とプレストウィック家を隔てている壁を取り払えたらいいのだが。

彼はその夜出かける仕度をしているときに、自分がひどく落ち着きをなくしていることに気づいた。レイムズに手伝ってもらいながらクラヴァットを結ぼうとしたが、うまくいかずに、結局レイムズをさがらせて一人で結んだ。上着も三着試して、ようやく黒のカッタウェイ・ジャケットと黒いブリーチズという格好に落ち着いた。

いったい、どうしたんだ？　これが真実の愛を知った男の行動なのか？　いつもの自信と如才なさはどこに行った？　黒いシルクハットを取りあげ、鏡に向かって顔をしかめた。準備ができていようがいまいが、最善を尽くさなくてはならない。

階下に降りたところで、レスリーが到着した。その横には、プレストウィック家の金色と緑色の制服を着た従僕がいる。チャスは眉をひそめた。

「一緒に来たのか？」

レスリーは肩をすくめた。「わたしと到着が前後しただけだ。きみの兄の使いのようだが」

従僕は一歩前に出ると、封をした書きつけを差しだした。「伯爵さまからのことづけです、旦那さま」

「ありがとう、ビームズ――だったな？　暖炉で暖まってくれ」従僕が立ち去ると、チャスは書きつけの封を切った。直接会って伝えればいいのに、なぜ？


――チャールズ、急にサマセットに戻らなくてはならなくなった。どうか、できるだけ早く母上と一緒に来てもらいたい。話し合うべきことが山ほどある。

マルコム

チャスは書きつけを見つめた。「マルコムが、母と一緒にサマセットの屋敷に来いと言ってきた。おかしいな。これまで書きつけをもらったこともないし、ここにあるように〝どうか《プリーズ》〟と言われたことなど一度もないんだが。封がなければ――そして書きつけを持ってきたのがビームズでなければ、だれかのでっちあげだと思うところだ」彼は肩をそびやかした。「まあ、仕方がない。すぐに出発しよう」

レスリーは肩を落とした。

チャスはにやりとした。「――舞踏会の後で」

13

アンは不安に苛《さいな》まれながら身仕度をした。このところ、ふだんどおりに過ごそうという試みは、ことごとく失敗に終わっていた。ピアノの楽譜の上にチャス・プレストウィックの顔が浮かびあがってきたり、セント・メリーズ・サークルを散歩しているときに、彼から名前を呼ばれたような気がしたり――何より、バートやモーティマーと過ごす時間が薄っぺらで退屈なものになってしまった。まるで、人生から輝きがなくなってしまったような気がする。

化粧台に座って髪を梳かしながら、この状況はつくづくおかしいと思った。チャス・プレストウィックと出会う前は、舞踏会や晩餐会、さまざまなパーティに出かけるたびに、今夜こそ尊敬に値し、なおかつアガサおばが認めるような男性と出会うのではないかと期待していた。思い描くのは決まって、こめかみのあたりが灰色になりかけた、威厳のある年配の男性。ジュリアン・ヒルクロフトのように堅苦しいほど礼儀正しいその男性を、徐々に好きになることを期待しながら結婚するのだろうと思っていた。

けれどもいまは、そんないかめしい年配の男性を見つけても、チャスと比べて物足りないとしか思えないだろう。もしかしたら、そんな男性なら、物静かな性格を認めてくれるかもしれない（長所が認められるのは気分がいいものだ）。けれども、ただの好意は、情熱とは似て非なるものだ。

そして今夜は、とりわけつらい夜になりそうだった。今日の舞踏会は、バミンジャー卿夫妻のいちばん上の娘、ベリンダの婚約祝いを兼ねたものだ。アンはベリンダと何度か会ったことがあり、楽しい友人だと思っていたが、正直に言って、いまはだれの婚約も祝う気分ではなかった。けれども、バミンジャー家の親しい友人が百人程度しか招待されておらず、そのなかにベリンダの母親と女学校時代に仲の良かったミリセントおばが入っているのなら、行かないわけにはいかない。

アンはしっかりと気持ちを落ち着かせて身仕度をし、何もかもうまくいくと自分に言い聞かせた。今夜選んだのは白いサテンのガウンで、灰色の瞳を引き立たせる銀の網目模様のオーバースカートが付いていた。襟ぐりや短い袖、裾は二列の小粒の真珠で縁取られ、優雅なドレープをウエストより高い位置で絞っている。母の真珠の首飾りをつけ、真珠をちりばめたヘアバンドで黒っぽい髪を後ろにまとめ、長手袋をつけた彼女は、姿見に映る自分の姿を見てようやく前向きな気持ちになった。

うきうきしかけた気分は長つづきしなかった。なぜなら、貸し馬車に乗りこむと、いつものように黒いシルクドレスを着たアガサおばが、さっそく今夜の舞踏会をけなしはじめたからだ。アガサおばががっかりしているのは、舞踏会がバミンジャー家のタウンハウスで開かれるからだった。というのも、そのタウンハウスには、レディ・バミンジャーの名高い音楽室があるものの、その隣にあまり広くない舞踏室がひと部屋あるだけだったからだ。レディ・バミンジャーは自他共に認める芸術の後援者で、タウンハウスを訪れた人々によると、音楽室で四人の音楽家たちが四重奏を演奏する傍らで、その年の社交シーズンに彼女が支援している画家たちが、片隅にある果物鉢をスケッチする光景も珍しくないという話だった。彼女の趣味が行き過ぎだと考える人々は、レディ・バミンジャーがオペラの後援者ならバミンジャー卿はオペラの踊り子の後援者だと陰口をたたくが、今夜舞踏室の外に並んだバミンジャー家の面々――全部で八人いる子息と令嬢が来客を迎え、その到来を告げる役目を果たしているのを見ると、バミンジャー卿の興味がひんぱんに家庭から離れるとはとても思えなかった。

退屈な夜になるというアガサおばの見立ては杞憂に終わりそうだった。バミンジャー卿夫妻は、アガサとミリセントとアンの三人を温かく迎えてくれた。ミリセントおばが紫色のターバンを上下に揺らしながらバミンジャー家の子どもたちについてひとしきりしゃべるのを見て、アンはひそかにほほえんだ。そしてアガサおばと一緒に礼儀正しく挨拶を返し、ほかの客たちと一緒に舞踏室に入った。

こぢんまりした室内は床がぴかぴかに磨きあげられ、中心にさがるクリスタルのシャンデリアには百本近いろうそくが灯されて周囲を明るく照らしていた。入口の向かい側にしつらえられた台の上に、三人の音楽家が座っている。ダンスをしない人々が楽しめるように、サテンの布で覆われた左右の壁際に椅子と長椅子が並べてあった。音楽家たちの片側には、隣の音楽室に通じる両開きの扉がある。

その夜アンが最初のダンスを申しこまれたのは、ミリセントがバミンジャー家の子息と令嬢たちをほめたからに違いない。ダンスの相手はバミンジャー家のいちばん下の息子で、彼女よりふたつ年下のホレイショだった。彼はすぐさま、相手をしてやっているのだと言わんばかりの態度を取りはじめた。

「そう、ミス・フェアチャイルド、あなたは最初のダンスの相手として完璧な選択だと思ったんです」カントリー・ダンスで会話ができるほど近づいたとき、彼はしたり顔で言った。「母はいつも言っていますよ。あなたは分別のある女性だと。おまけに社交界入りして三年経っているから、ぼくのような男と一緒にいるところを見られても大丈夫でしょう。ほかの女性と違って、最初に踊ったからといって、あなたの都合が悪くなることもなさそうだ」

アンは唇を引き結んで、無理やり笑顔を作った。もともと気持ちが落ちこんでいたせいか、あまり礼儀正しいとは言えない言葉が口から出た。「ええ、そうですわね、ミスター・バミンジャー。でも、わたしのように分別のある娘は、心臓《ハート》に傷などつかないのをご存じ？　ぜひとも、お好きなように口説いてみてください。言っておきますけど、何とも思いませんから」そこでダンスの隊形が分かれて、彼の返事を聞かずにすんだのは幸いだった。

上流階級の人々を避けてやり過ごしたほうがよさそうだった。アンは人混みから離れた鉢植えのシュロの木のそばに椅子を見つけた。そこにいれば、舞踏室の少なくとも半分の人々から身を隠せる。

だが、そういうわけにはいかなかった。ホレイショが、彼女の居場所を友人たちに話したのだろう。アンはその後二人の若者からダンスを申しこまれたが、きっぱりとことわった——部屋の向かい側で年配の貴婦人たちの輪のなかにいる、アガサおばの刺すような視線に耐えながら。もっともらしい言い訳を考えなくてはならないことはわかっていたが、いまは神経がすり切れそうだった。必要なのは、ふたたびダンスをする前に、チャス・プレストウィックに対する自分の気持ちを理解し、折り合いをつける時間だ。

三人目の紳士を断固として拒否したとき、ミリセントおばがあたふたとそばに来た。

「具合でも悪いの？　ホレイショに足を踏まれたの？」ミリセントは気づかわしげに言うと、声をひそめた。「あなたがダンスしないで座っているものだから、アガサがひどくがっかりしているわ。とりわけ、今夜はこんなにふさわしい男性が見えているのに」

「今夜は――気分が優れないんです」アンはささやき返した。「ダンスはまたの機会にしますわ」

ミリセントはそわそわして言った。「でも、アガサから伝えるように言われたのよ。次にダンスを申しこまれたら、かならずお受けするようにと」そして、期待を込めてアンを見た。「お願いよ。いいわね？」

「ええ、わかりました」アンが素っ気なく肩をすくめると、ミリセントはその肩を軽く叩き、任務達成と言わんばかりの笑顔を浮かべて去っていった。べつにどうということはない。遅かれ早かれ、ダンスはしなくてはならないのだから。

また新しいカントリー・ダンスで踊り手の半分がステップを踏むのを見ていたとき、ひと組の男女が目の前を通りかかった。その女性に見覚えがあったアンは、ぎくりとして体を引いたが、残念ながらエリザベス・スキャントンは彼女を見逃さなかった。

彼女は相手の男性を引っ張って立ち止まると、アンを見おろしながら、赤い唇から犬歯をのぞかせてほほえんだ。ワイン色のガウンが、豊満な体にまたもやぴったりと貼りついているが、彼女が通り過ぎるのを称賛のまなざしで見ていた男性たちは気にならないらしい。

「あら、ミス・フェアチャイルド、またお会いできてうれしいわ」スキャントン夫人が言った。「ガーヴィ、ミス・フェアチャイルドにお会いしたことはあって？」

ガーヴィと呼ばれた男性は痩せぎすの長身で、薄い金色の短髪に長い鼻、そして前歯が目立っていた。彼は片眼鏡を取りあげ、眉をひそめてアンをじっと見た。

「いいや、知らない女性だ。きみの友達かい？」

「いいえ」スキャントン夫人は黒いまつげをぱちぱちさせて彼を見あげると、アンに向きなおった。「わたしたちは友達とは言えないわよね、アン？」

さんざんな夜だった。恩着せがましく振る舞われ、口うるさく指図され、そして今度は侮辱されるなんて。目の前でほくそえんでいる雌ギツネに辛辣な嫌みのひとつでも言えたらよかったのだが、思いつく前に相手が口を開いた。

「それに、今夜は一人きりなの？　まあ、寂しいこと。でも、ある紳士の好みについては以前に警告したはずよ。それじゃ、舞踏会を楽しんでね――楽しめるなら」

そう言うなり、同行者をふたたび引っ張って去っていった。

アンは深呼吸して、気持ちを落ち着けようとした。あの性悪女の顔を引っぱたきたくて、手がうずうずする。目をあげると、何人かの人々が彼女のほうを見ていた。なんてこと――いまのやりとりを聞かれたのかしら？

さっとおばに目をやった彼女は、最悪の事態になっていることを悟った。アガサおばがこれ以上ないほど目を怒らせ、唇を引き結び、爪先で苛立たしげに床を叩いている。ミリセントおばですら青ざめた顔で、困惑したようにこちらを見ていた。いま起こりうる最善のことは、床がぱっくりと割れて、アン・フェアチャイルドを丸ごとのみこんでしまうことだ。

間の悪いことに、カントリー・ダンスが終わって、何人かの紳士が彼女のほうに来ようとしていた。アンは気を引き締めて、笑顔を浮かべた。

「――たしかな情報によると、次のダンスはワルツだそうだ」聞きおぼえのある声がした。はっとして目をあげると、チャスの緑色の瞳が笑っていた。「踊ってもらえないか？」

彼が差しだした手を、アンはまじまじと見つめた——触れたら消えてしまいそうな気がする。もう一度目をあげると、彼はにっこりとほほえんでいた。アンはふっと気持ちが軽くなるのを感じた。

「喜んで」彼の手に手を置いて立ちあがった。ワルツの演奏が始まり、チャスは彼女の体に手を添えてダンスフロアに滑りだした。

アガサおばにダンス教師を雇うという先見の明があったのは幸いだった。アンのステップはチャスのステップに難なく溶けこんだ。もっとも、アガサおばはいちばん大胆な夢のなかでも（堅苦しい夢以外のものにアガサおばが身を委ねるとして）、まさかアンがチャス・プレストウィックのような男とワルツを踊るとは想像もしなかっただろう。

チャスはダンス教師と数時間練習した人間より明らかに経験豊富で、最初から優雅に彼女を支え、目まいがするほど近くまで彼女を抱き寄せた。周囲の人々も、舞踏室も、音楽さえも遠のいていた。ここにあるのは彼の顔と、触れ合うたくましい体と、腰にまわされた腕だけ。彼のほほえみはこのうえなく優しかった。胸がどきどきしているのは、その笑顔のせい？　それともダンスのせい？　少し前までみじめでたまらなかったのに、うれしくて彼にほほえみ返している。

ダンスはあっという間に終わり、アンは人混みのなかにある人物を見つけた――エリザベス・スキャントンが、魚のようにぽかんと口を開けている。アンと目が合うと、彼女は即座に口を閉じ、何やら思いつめたように目を細めた。アンはうなじの産毛が逆立つのを感じた。厄介な問題を引き起こすつもりだ――自分とチャス、どちらにとっての問題なのか、まだわからないけれども。彼女から逃げなくてはならないことだけはわかる。

「手を離さないで！」彼を安全なダンスフロアに留めようとささやいた。たぶん、ダンスをつづけていれば問題は起こらない。

その声に不安を感じとったのか、それともほかに原因があることを察したのかわからないが、とにかく彼には伝わったようだった。

「仰せのままに」彼はささやき返すと、アンを抱いたままダンスフロアを離れ、あっという間に両開きの扉を通り抜けて音楽室に滑りこんだ。彼がドアにかんぬきを掛け、彼女の元に戻ると、硬い木の床の上でコツコツと足音が響いた。部屋の片隅に集められて、奥の窓から差しこむ月明かりを反射していた真鍮の譜面台の上を彼の影がよぎる。

「これで邪魔は入らない」彼はつぶやいてアンを抱き寄せると、素早くキスをした。驚きはすぐに、温かい波となってアンの体じゅうに広がった。彼が両手を腰にまわし、安心させるように優しく抱き寄せる。温もりが炎となって燃えあがるのを感じながら、彼に体をぴたりと押しつけて、サテン越しに伝わる筋肉の感触を楽しんだ。今度こそ、目を背けないで。

ドアのかんぬきがガタガタと動いて、チャスは顔をあげた。ふたたびアンを見おろしたその目には、熾火《おきび》のような情熱が光を放っていた。

アンは夢見心地で彼を見あげた。こんなふうに熱いまなざしで見つめるなんて、ほんとうにこの人はチャス・プレストウィックなの？　そして、わたしはどうすべきなのかしら？　二人の感情が向かう方向はただひとつしかない。それなのに彼は、これまで一度も会ったことがないような顔をしてこちらを見つめていた。

彼女はにわかに不安になって、彼の腕を振りほどき、震えながら後ずさった。

「女性の弱みにつけこむつもり？」動揺を悟られまいと、冷ややかに言った。「わたしは、あなたがお付き合いした女性のリストに加わるほどの娘ではないはずよ」

彼は体をこわばらせていたが、瞳の炎はまだ残っていた。「それは誤解だ。ふさわしくないのはわたしのほうだ」

どういう意味？　姪の結婚相手には身分の高い男性をというおばの意向を言っているの？　なぜ思ったことを口にするのが、こんなにもむずかしくなってしまったのかしら？

「あなたは慣れているかもしれないけれど、わたしは男女が戯れに交わすやりとりが得意ではないの」ため息をついて言った。「率直に話してもらえないかしら？」

「そうしようと思っていたんだが、きみが月の光のなかでギリシャ彫像のように立っているのを見て、何と言ったらいいのかわからなくなってしまった」彼は苛立たしげに髪をかきあげた。「二人きりになればなんとかなると思ったんだが」

アンは顔をあげた。それでこんな行動に出たのだ。彼はアン・フェアチャイルドをなし崩しに愛人にしようと思っていた。けれどもいま、どうしたものかと迷っている。べつに、こちらから手を差しのべるつもりはなかった。アガサおばの言うとおり、それが彼の目的だったのだ。結局、間違っていたのは自分だった。

「それなら、この話はまたにしましょう」彼女は短く言うと、チャスの横をすり抜けてドアに向かおうとした。「またあなたの話を聞きたいとは思えないけれど」

チャスは彼女の肩をつかんでふたたび抱き寄せた。「わたしに対して、何も感じないのか？　きみのキスは違った」

アンは彼の腕を振りほどこうとした。「放して！　わたしの気持ちなんて、何も知らないくせに！」

チャスは不意に彼女を放した。「そうだな、たぶんきみの言うとおりだ」アンはよろよろと後ずさって、譜面台を一脚ひっくり返した。がらんとした部屋に、耳障りな音が響きわたる。彼は頭を反らし、緑の目は氷のように冷たく光っていた。その皮肉めいた表情を見て、改めて思った。アガサおばの言うとおり、彼は薄情な遊び人なのだ。得体の知れない人。アンはちくちくと目を刺す涙を見られないように下を向いた。

長い沈黙ののち、主廊下に面したドアが開く音がした。戸口に現れたのはミリセントだった。彼女はそわそわと部屋に入ってくると、両手を揉みしぼりながら言った。「まあ、なんてこと！　いったい、どういうつもりなの？」

二人が答えなかったので、彼女はつづけた。「アン、いけないわ！　ワルツを踊って、あんなふうに姿を消すなんて。みなさんがひそひそ話してるわよ」

アンはため息をついた。心が傷つくだけでは足りないらしい。「ごめんなさい、ミリセントおばさま」

チャスもぎこちなく頭をさげた。「わたしもお詫びします、フェアチャイルド夫人。アンと二人で、ある件について内密で話そうと思ったんですが……。しかし、わたしが間違っていたようだ」

彼はそうではないと言ってほしがっているようだったが、アンには何も言えなかった。とにかく、彼が望むような女性にはなれない。代わりに、ミリセントが口を開いた。

「まあ、残念だけれど――」ミリセントはチャスに近づいて腕に触れた。「わたしとあなたのお母さまがとても親しいことは知ってるわね。でも、これだけはわかってちょうだい。あなたとアンは、けっして二人きりで話をするべきではないの。レディ・クロフォードが絶対に許さないわ。わたしの言っていることがわかってもらえるかしら？」

チャスの顔がこわばったので、アンはたじろいだ。彼はもう一度お辞儀して言った。「よくわかりました、フェアチャイルド夫人。ご安心ください、二度とご迷惑はおかけしませんから」そう言うなり、彼は廊下側のドアに向かった。

アンは、このままにしてはおけないと思った。結婚はことわらざるを得ないとしても、それでも彼のことは気にかけていると――いつも気にかけているとわかってほしい。「チャス、待って！」

彼は立ち止まることなく、廊下に出るドアをぐいと開けた。廊下にいる人々のなかに、レスリー・ピーターズバラが見えた。

「やあ、レス。行こうか」チャスはそう言うと、レディ・バミンジャーのパーティを台なしにする言葉を吐いた。「今夜はとてつもなく退屈だ。もっとましな楽しみを探しにいこう」

14

アガサおばもミリセントおばも、家に帰るまでひとことも話さなかった。アンは沈黙にほっとし、そしてまたもや、今夜の自分の行動に愕然としていた。いまはただ、自分の寝室に逃げこみ、気持ちの整理をしたかった。だが暗い馬車のなかで沈黙が長引くにつれ、どれがよりまずい状況かわからなくなってしまった。心の痛みが再び生じたこと。チャスがやけになって、危険なことをしてしまうかもしれないという不安。そしておばたちの陰気な沈黙。アガサおばにちらりと目をやると、おばは険しいまなざしで彼女をにらみつけていた。家に着いたら、すぐにアガサおばと話をしなくてはと、アンは決心した。

だが馬車が止まってヘンリーがドアを開けると、アガサおばが主導権を取った。

「馬車は返さないで」アンに手を貸していたヘンリーに、おばはきびきびと指示を飛ばした。「この馬車でマーケットのチャタムズの貸し馬車屋まで行って、明日使う馬車を手配してきてちょうだい。日が昇る時刻に、玄関に来てもらいたいの、わかった？　アンがすぐバースに出立しますからね」

「かしこまりました、レディ・クロフォード」ヘンリーが低い声で応じた。アンは馬車を降りる途中で凍りついたが、すぐに頭を振って踏み段を降りた。ヘンリーはつづいてミリセントを助けおろすと、ふたたび馬車によじのぼった。アンは馬車が走り去る音を聞きながら、おばたちにつづいて屋敷に入った。

心配顔のベスが、玄関で彼らを迎えた。

「何か差し障りでもございましたか、奥さま？」アガサとミリセントが手袋とマントを脱ぐ傍らで、ベスがお辞儀して尋ねた。「ずいぶんと早いご帰宅ですが」

アンは彼女にマントを手渡しながら、何でもないというようにほほえんだ。

ベスがほほえみ返しかけたとき、アガサおばがぴしりと言った。「よけいなことに首を突っこまないで！　前にも言ったはずよ。やむなく暇を取らせた使用人たちがいる一方であなたを残したからといって、この家で特別な権利があるわけじゃないの」

「おっしゃるとおりです、奥さま」ベスは青ざめて、消え入りそうな声で言った。

アンは眉をひそめたが、おばがむやみにつらく当たるのが自分のせいであることは承知していた。

アガサおばはつづけた。「それから、姪の荷物をまとめてちょうだい。姪とあなたは、明日の朝いちばんにバースに出発しますからね」

ベスはふたたびお辞儀すると、怯えた目でアンをちらりと見て、そそくさと二階に向かった。

「居間に行くわよ」アガサおばは命令を発すると、ミリセントおばを従えてさっささと歩きだした。

二人の後から居間に入ったアンは、ドアを閉めておばたちに向きなおった。アガサが気むずかしい表情を浮かべて、ベスがさっき火を入れたばかりの暖炉の前に立っていた。燃えあがる炎が、その黒いシルクガウンを血の色に染めている。おばの顔はやつれていたが、灰色の目は光を放ち、その手は黒檀の杖の持ち手を握りしめていた。アガサおばがこれほど魔女のように見えたことはない。

アンはその視線を受けて、背筋を伸ばした。腹立たしい気持ちがめらめらと燃えあがっていた。だれも味方になってくれないの？　心の痛みを気づかってくれる人は一人もいないの？

「そんなふうに、地下室で化けものを見つけたような目で見ないでください」アンは胸を張って言った。「今夜のわたしの振る舞いが、おばさまの基準から大きくはみだしていたことはよくわかっています。おばさまから言われるまでもありません」

「言われるまでもないですって？」アガサは姪の強がりに感心したかもしれないが、表には出さなかった。「それなら、今夜の自分の行ないについて、あなた自身はどう思うの？」

アンは深々と息を吸いこんだ。「おばさまが認めないとわかっている方からダンスを申しこまれて、承諾しました。許可を得ずにワルツを踊り、評判がよくないその方と二人きりになって、鍵の掛かった部屋にいました」

「漏れなく羅列したわね」アガサは言った。「では、結果を伝えるわ。あなたの評判は粉々に砕け散り、今後まともな紳士はどなたもあなたに近づこうとしないでしょう。要するに、あなたはハンサムな顔、広い肩、中身のない言葉に心を動かされたのよ。娼婦になったほうがましだわ」

ソファーに黙って座っていたミリセントは、はっと息をのんだ。「アガサ、なんてことを！」

アンは顔から血の気が引くのを感じた。「それほどまずい状況とは思いません。これまで品行方正に振る舞ってきましたから、今回のことは一時の気の迷いと思われるのでは――」

「いつもどおりね。あなたはいちばんましな結果しか考えない」アガサは言った。

「わたしの見立てのほうが真実に近いに決まっているわ」

アンは不意にどっと疲れて肩をすくめた。「いずれにしろ、大したことではありません。わたしはアガサおばさまが望むような女性にはなれないんです――あの方が望むような女性になれないのと同じで。おばさまたち二人を喜ばせようとして、これまで愛したただ一人の男性を失ってしまったんです」

「愛ですって？」アガサがせせら笑った。「あばら家で子どもに囲まれて泣きながら暮らしているとき、愛が暖めてくれると思う？」

アンはその問いには答えなかった。「これ以上お話することはありません。先ほども申しあげたとおり、今夜のわたしの振る舞いが最低だったことは認めます。でも、それならどうしろとおっしゃるんですか？」

アガサは彼女をじろりと見た。そして驚いたことに、目を逸らした。「まあ、座りなさい。この年で、立ったままあなたを見あげているわけにはいかないでしょう」彼女は暖炉のそばの椅子に腰をおろし、ミリセントはため息をついてソファの背にもたれた。アンは迷わずその横に座った。

「やはり、バースに行くべきだわ」アガサが不意にしわがれた声で言ったので、ミリセントはぎくりとした。「噂が野火のように広がる前に、ロンドンを離れるの。運がよければ、夏になって上流階級がバースに来るまで二カ月は身を隠せるでしょう。ゴシップ好きな人たちが来る前に、別のだれかと婚約にこぎ着けられるかもしれないわ」

「次の社交シーズンまで、田舎の屋敷で過ごしてはいけないんですか？」アンは思いきって尋ねた。アガサとの対決が終わって彼女のなかの一部はほっとしていたが、ふさわしい結婚相手を探す旅がまだつづくのかと思うとうんざりした。傷ついた心を癒すには、まだ時間が必要だというのに。

アガサはかぶりを振った。「それではだめなの。わたしたちは今年の社交シーズンが終わるまでに、どこかの裕福な伯爵を捕まえなくてはならないのよ」

「何もかも話したほうがいいわよ」ミリセントがため息をつき、みずから話しはじめた。「あなたは、すぐにでも〝伯爵〟を捕まえなくてはならないの。なぜなら、もう来年の社交シーズンにはロンドンに戻ってこられなくなるからよ。アガサとわたしは、よその年配のご婦人のお相手役を務めることになるでしょうし、あなたもたぶん、家庭教師の働き口を探すことになるでしょうから」

アンは眉をひそめた。「どういうことでしょうか？」

「つまり――」アガサが鼻を鳴らした。「――わたしたちには、ほどなく住む場所がなくなるということよ」

アンはまじまじとアガサを見た。首にロープを掛けられてじわじわと締められているような気がする。「ロンドンのこのお屋敷と、バースの家の両方ともですか？」

「抵当に入れてあるの」アガサが答えた。「この三年、どうやってやりくりしてきたと思ってるの？　銀行は、喜んで差し押さえると思うわ」そう言って、痩せた体に杖を引き寄せた。

「そんなに大変なことになっていたなんて……」アンはつぶやいたが、早く気づくべきだったとも思った。冬でも火を使う時間が短いこと、ミスター・チャンプワースから家具について言われたこと、欠けた陶磁器――どういうわけか、いまのいままで、それらを考え合わせたことがなかった。アガサおばは結婚市場での姪の成功にすべてを賭けていたのに、当の姪がその可能性をほぼ台なしにしてしまったのだ。

彼女はアガサに向きなおった。「ほんとうに自分勝手でした。どういうわけか、これまでの生活がいつまでもつづくと思っていたんです。〝伯爵〟との結婚はおばさまたちの希望であって、ぜひとも実現しなくてはならないことではないとばかり……」

「ずっと借金しつづけるわけにはいかないのよ」ミリセントが洟をすすりながら言った。

「もう、めそめそしないで」アガサが言った。「何とかなるわよ。でも憶えておいてちょうだい、アン。わたしたちにはもう時間がないの。夏の終わりまでにあなたにいいお話がなければ、銀行と相談しなくてはならないわ」

「わかりました。でも、今夜——あんなことがあった後で、何とかなるでしょうか？」

アガサは肩をすくめた。「それはまだ何とも言えないわ。あなたの噂に引きつけられる男性もいるはずよ。ただ、そんな男性がわたしたちの眼鏡にかなうかどうかは、また別の話。そう、わたしたちはそんなに簡単にあきらめるわけにはいかないの。明日、あなたは夜明けと共にバースに出発する。ベスを連れていきなさい。ミリセントとわたしは家の片づけをして、数日後にヘンリーを連れて出発しますからね。そのあいだにあなたとベスは、バースの家をきれいにしておくのよ。その後のことは、それから考えましょう」

アンはほとんど眠れなかった。その夜はベスを手伝って、必要な服に、洗面用具、日用品の荷造りをした。ベスは突然バースに行くことになった理由を聞きだそうとしたが、アンは口を閉じ、せっせと荷造りを進めた。

しかし内心では、身の置きどころがなくて死んでしまいそうだった。なんということをしてしまったのかしら！　チャス・プレストウィックに、彼の庇護を受け入れるつもりだという印象を与えたのに、にべもなく拒絶して傷つけてしまった。そして彼をその気にさせたことで、ほかの男性を引きつける可能性も損なわれてしまった。求婚者がいなければ、おばたちは秋までに家を出て行かなければならない。だから、だれだろうと求婚してくる人がいたら受け入れて、結婚しなければならないのだ。

さらにまずいことに、チャス・プレストウィックに恋をしてしまっていた。冒険として始まったものが、人生で最も重要な出来事になり、そしていま、自分自身でピリオドを打とうとしている。自分がしてきたことはすべて過ちで、その代償を二人のおばが払うことになるなんて。

夜明け前の静けさのなか、貸し馬車が到着し、アンはベスとヘンリーを手伝って荷物を積みこんだ。それはみすぼらしい馬車だった。かつておばは、そんな馬車に乗ることをけっして許さなかったものだ――それがいまや、遠くまで旅行することになるとは。アガサおばが馬車を見て鼻を鳴らしたのは、一家の経済的な窮状を思い出したからだろう。さらにまた何かの兆しのように濃い霧が立ち込め、死のような静けさをいや増していた。アンとベスはできるだけ暖かい服を重ね着し、最後に暗いウールの旅行用マントをまとった。まるで自分の葬式の仕度をしているような気分だった。

御者は髪が薄く、面長で、だらしなく口を開けた小柄な男だった。手を貸そうともせず御者席に座ったきりで、分厚いコートの下からフラスクを出して酒をあおるか、ぶつぶつ言いながら道端につばを吐いている。そのつばが爪先をかすめそうになって、ヘンリーはアンを脇に引っ張った。

「あの男の顔つきが気に入りません、アンお嬢さま」彼は声をひそめて言った。「奥さまがあれほどお嬢さまの出発をお急ぎでなければ、あの男を帰らせてわたしが御者を務めるんですが……。気をつけたほうがいいです。何か様子がおかしければ、ちゃんとした宿屋で降ろしてもらって、駅馬車をお待ちください。ベスにも同じことを伝えておきますので」ヘンリーが顔をしかめて御者を見あげると、御者も同じくらい不機嫌な顔で彼を見おろした。アンはかぶりを振った。

アガサおばからも別れ際に忠告があった。「御者には、寄り道しないように伝えるのよ。もちろん、馬は替えないといけないけれど、バースにできるだけ早く着いてもらいたいの。もし宿を取るなら、評判のいい宿屋を探しなさい。わたしたちが着くまで、だれとも話さないようにするのよ」

アンはうなずくと、二人のおばの頬にそれぞれキスし、ベスをせき立てて馬車に乗りこんだ。馬車は走りだした。

始めから、悪夢のような旅だった。まず、不機嫌な御者は豆粒ほどの膀胱の持ち主だとわかった。何しろ、ケンジントンを過ぎるまでに三回も馬車を止めて、道端で用を足すくらいだ。さらに御者としても不器用で、路面のあらゆる出っ張りにぶつかり、あらゆる轍《わだち》を横切った。ベスはほどなく青い顔になり、うめきながら腹を押さえた。

さらにまずいことに、霧は消えないどころか濃くなって、外の世界と馬車を遮断した。ほかの馬車が見えることは一切なく、たまにかろうじて路面が見える程度だ。窓の外を見るかぎり、同じ場所をぐるぐるまわっていたとしてもおかしくなかった。

アンは憂鬱な気持ちになった。会話をする気になれなかったこともあって、旅の最初の区間は、ベスのうめき声をときおり聞かされる以外は沈黙のうちに過ぎていった。途中、アンはそろそろ昼時だと思ったが、ベスの真っ青な顔を見ると、ミリセントおばが昼食を詰めてくれたバスケットを開けるのは気が引けた。

午後の早い時間に、貸し馬車屋が馬を待機させている宿屋で馬を替えた。アンは軽く食事しようと思ったが、馬車を降りようとしたところで優雅な馬車が数台、中庭に入ってきた。馬車から外套をまとった紳士たちと、ウールの旅行用マントと毛皮のマフを身につけたレディたちが次々と降りてきて、笑いさざめきながら宿屋に入っていく。アンは彼らが例の噂を聞きつけているかもしれないと思い、そっと馬車のドアを閉めた。ほどなく馬車は走りだし、ベスのうめき声は一段とひどくなった。

午後も状況は変わらなかった。早い時間に出発し、予定より早く進んでいる気がしたものの、暗くなる前にバースに到着するのはほぼ不可能に思えた。窓の外の灰色がくすんだ茶色になるにつれ、次の宿屋で泊まるよう御者席側の窓から伝えるべきか、アンはしばらく迷った。

窓を叩こうとしたまさにそのとき、馬車の速度が遅くなった。

「ああ、神さま」ベスがほっとして体を起こしたので、同じ考えだとわかった。

「きっと宿屋に到着したんですね」同じく暗闇のなかに目を凝らしている。

「いいえ、ベス、違うと思うわ。それなら建物が見えるはずだもの」霧のなかに、木立のようなものが見えた。それから馬車が、急な角度で傾いて止まった。御者がまた用を足しに行ったところを見ると、街道の途中で止まったとしか思えない。

「ベス」アンは言った。「このまま進んで、今夜泊まるところを探すように伝えてもらえるかしら」

ベスは喜んで応じた。「すぐに戻ります、アンお嬢さま。どのみち外の空気を吸いたかったんです」彼女は傾いた馬車の上側のドアを開け、這うように外に出た。土を踏みしめる音が馬車から遠ざかっていく。

アンは座席にもたれて、ほうっとため息をついた。最後の数マイルがひどい揺れだったので、こうして静かに座っていられるのがありがたい。目を閉じて、何か楽しいことを考えようとした。きっと何もかもうまくいく。無事にバースに到着したら、爵位持ちで裕福な申し分ない紳士を見つけて結婚し、幸せに暮らすのだ。何度も繰り返し言い聞かせたら、きっと信じられる。少し離れたところから、くぐもったベスの声と、御者のそっけない返事が聞こえた。それ以外は静まり返っている。

ほかの音が聞こえたのはそのときだった。急激に大きくなってくる――蹄《ひづめ》の音だ。間違いなく、別の馬車が後ろからぐんぐん近づいてくる。目を開けるのと同時に、怯えた馬のいななきが聞こえた。そして、古びた馬車ががくりと大きく揺れるほどの衝撃があり、車体は左に傾いた。アンはその場で踏んばろうとしたが、馬車は横転し、膝掛けとベスの手荷物と一緒に片側に滑り落ちた。ミリセントおばのバスケットが頭にぶつかり、何もかもが暗くなった。

15

チャスはその晩何度もしたように、グラスをじっと見つめてからワインの最後のひと口を飲み干した。テーブルの向かいでは、レスリーが冗談をささやいたオペラ劇場の踊り子が、くすくす笑って腰にまわされた手を叩いている。真っ赤なルージュを塗ったその顔がろうそくの光に照らしだされるのを見て、チャスは気分が悪くなった。ワインの瓶を押しやったが、このふさいだ気分がワインのせいでないことはわかっていた。

レスリーはバミンジャー家で彼を見るなり、すぐさま馬車を呼んでくれた。そしてチャスを馬車に押しこみ、コヴェント・ガーデンに連れていく道すがら、ずっとふざけた話ばかりしゃべりつづけた。レスリーの踊り子は、ハンサムな二人の紳士から劇場の特別室に呼ばれて有頂天になっていたが、チャスはとても楽しむ気分になれなかった。頭のなかにあるのはアンのことだけだ。

こうなることはわかっているはずだった。バートからはアンが探しているのは〝大きな獲物〟だと警告されていたし、アンも訪問は歓迎されないことをほのめかしていた。だが、自分は偉大なるチャス・プレストウィックだ。アンを、そして彼女のおばたちを納得させることができると思っていた。あの舞踏会に行く前は緊張していたが、どんな結末になるかはみじんも疑っていなかった。ただ気持ちを伝えるだけで、彼女が自分のものになると。

ダンスが終わっても手を離さないでと言われたとき、彼女も同じ気持ちなのだと確信した。そして音楽室でありったけの愛と欲望を込めてキスをしたが、彼女からは拒絶されただけだった。彼女はチャス・プレストウィックを気にかけていたかもしれないが、もっと気にかけていたのは爵位と財産だった。

爵位など、くだらないものだ。彼は、あらゆるしくじりを生まれのせいにして人生を無駄にした貴族の次男坊を何人も知っていた。そしてどういうわけか、自分がそのなかの一人になるとは思ってもいなかった。彼は何年も前にオックスフォードを出たときから、自分で人生を歩きだした。ロンドンで栄光に照らされた道を切り開くつもりだった。マルコムと母親に、自分は独立した人間であり、自分なりに人生を歩むことができると証明するつもりだった。

だがいまでは、無為の人生を過ごしていたことがわかる。馬車の速さ比べに興じ、とんでもなく危険な行為に挑み、女性を追いかけ——そんなことをしても、何も変わらなかった。今夜死んだとしても、悲しむ人は一人もいないだろう。気にする人さえいないかもしれない。なかには——兄の顔が頭に浮かんだ——安堵のため息をつく者もいるはずだ。

それでチャスは、なすべきことを思い出した。母を連れて領地の屋敷に行かなくてはならない。今回ばかりは、プレストウィック・パークに行くのがうれしかった。何があろうと、今夜より気分が落ちこむことはないはずだ。家に帰って、説教や失望したまなざしに耐えればそれですむ。おそらくマルコムと、今後の人生についても話し合えるはずだ。マルコムはきっと、いくつかの選択肢を示すだろう。政府での仕事はきわめて魅力的に思える。きっと自分でも役に立てることがあるに違いない。マルコムも喜んでその手配をするだろう。

チャスは肩をすくめて立ちあがった。「レス、今夜は付き合ってくれて助かった。用事があるので、もう失礼する」

レスリーがさっと立ちあがった拍子に、踊り子がひっくり返って悲鳴をあげた。

「何だと？　夜はこれからじゃないか」

チャスは友人を見てにやりとした。レスリーと酒を飲むときはいつも、最初に酔うのはレスリーだし、最後まで酔いが残るのもレスリーだ。

「きみは帰らなくていいんだ。忘れたのか？　わたしはプレストウィック・パークに行くことになっている。辻馬車を捕まえて帰るよ。ロンドンに戻ったらまた会おう」

レスリーはドアの手前で追いついた。「一人で行くなよ」頭を振りながら言った。「振られたんだろう。わたしには最後まで友の面倒を見る義務がある」

「レス、やめないか。きみはここで楽しめばいい。わたしは大丈夫だから」

だが、何を言ってもレスリーは聞き入れず、忠犬のように劇場の外まで着いてきた。チャスは結局レスリーの馬車を呼び、プレストウィック家のタウンハウスに行くよう指示した。そこで少し酔いの覚めたレスリーを待たせて、ウールの上着にセーム革のブリーチズ、房付きのヘシアン・ブーツという出で立ちに着替えた。ツイードの外套を羽織ったところで、再度一人で行くと友人を説得したが、レスリーは譲らなかった。

「どのみち、明日北のほうに行く用事がある」彼は頑なに言った。「父と約束したんだ。ヘイゼルタイン卿の屋敷で催される復活祭前のハウス・パーティで会おうと。ちょうど、プレストウィック・パークに行く途中にある」

「堅苦しい旧式の箱馬車で行くんだ。楽しい旅にはならないぞ」チャスは言った。

「きみのカリクルで行けばいいじゃないか」レスリーは言った。「どうせこちらに戻ってくるんだろう？　また手綱を握らせてもらえると思ったんだが」

「ああ、それならマルコムがさぞや喜ぶだろう」チャスは冗談を言った。

レスリーはあきらめそうになかった。だが、母と一緒に数日馬車旅をするのもたしかに気が重い。結局、チャスはカリクルにレスリーと乗り、マルコムの箱馬車のひとつに母と、彼女に付き添ってロンドンに来た若いメイドが乗ることになった。

ゆうべ知らせを受けたレイムズの指示で、すでに伯爵夫人の荷造りは終わっていた。レスリーが旅行用の服を着て荷物を持って戻ってきたときには、一行の出発の準備は整っていた。

チャスが馬車に乗る母に手を貸そうとしたとき、母は封をした手紙を彼の手に押しつけた。

「出発する前に、ミリセントにこれを渡したいの」

チャスはどきりとした。「それならレイムズに届けさせますよ、母上」

母は口をすぼめた。「いいえ、わたし自身で届けたいの。ミリセントを怒らせてしまったから、謝らなくては気が収まらないわ。レディは自分のしたことに責任を持つものよ」

チャスは迷った。クロフォード邸には少しも近寄りたくないが、レディ・クロフォードがチャス・プレストウィックを嫌っているせいで母まで嫌われるのは腹が立った。母は傍らで、祈るような目で彼を見あげている。

「わかりました」しまいに肩をすくめて応じると、母はにっこりした。少なくとも、だれかを喜ばせることはできた。

一行がセント・メリーズ・サークルに馬車を止めたとき、みすぼらしい貸し馬車がクロフォード邸から走り去るのが見えた。路肩にアンの二人のおばが立っているのが、夜明け前の暗がりのなかではよけいに不気味に思えた。彼が覚悟を決めて馬車を降りる前に、母が馬車のドアを開けて手を振った。

「ミリセント！　ああ、ミリセント！」

フェアチャイルド夫人が驚き、レディ・クロフォードが顔をしかめるのが見えた。フェアチャイルド夫人が急いで馬車に近づいてきたので、チャスは後から近づいてくるレディ・クロフォードを阻もうと馬車を飛びおり、彼女のほうに向かった。母のためなら、まだ何か役に立てるかもしれない。

レディ・クロフォードは恐ろしい目でにらみつけたが、彼は丁寧にお辞儀をした。

「レディ・クロフォード、またお目にかかれて光栄です」

「よくもそんなことが言えたものだわ」レディ・クロフォードは声をうわずらせて言った。「いやしくも紳士なら、昨日のとんでもない出来事の後で、わたしたちのアンに結婚を申しこんだはずよ！」

チャスは驚いて、レディ・クロフォードをまじまじと見つめた。鋭い灰色の目に見えたのは涙だろうか？　彼は正直に話すことにした。「そうしようとしたんです。しかし、姪御さんにことわられました」

「嘘おっしゃい！」彼の爪先から数インチのところで、レディ・クロフォードは杖の先を石畳に叩きつけた。「そんなことを言って、あなたは良心が痛まないの？　アンには、あれほどあなたに心を奪われないようにと忠告したのに。警吏を呼ぶ前に、さっさと視界から消えなさい！」

チャスは混乱し、どうすることもできずにふたたび頭をさげた。ミリセントが息せき切ってそばに来た。

「大丈夫よ、チャス」彼女はチャスの腕を安心させるようにそっと叩いた。「お母さまに何もかも説明したから心配しないで。道中の安全を祈るわ」チャスが驚いたことに、ミリセントはレディ・クロフォードに見えないようにそっと片目をつぶった。

「ヘンリー！」レディ・クロフォードはわめくようにして従僕を呼んだ。「ミスター・プレストウィックをお見送りして！」強面のヘンリーがのしのしと出てくると、レディ・クロフォードはミリセントと腕を組み、ぎくしゃくとした動きで屋敷に戻っていった。チャスはヘンリーに残念そうにほほえむと、カリクルに乗りこんだ。

「いったい、何があったんだ？」レスリーが困惑顔で尋ねた。

「こっちが知りたいくらいだ」チャスはぶつぶつ言いながら手綱を取った。

彼らはロンドンを出て西に向かった。チャスはカリクルを走らせながら考え事にふけった。レディ・クロフォードの言葉は思いもよらないものだった。まるで彼がアンに結婚を申しこむのを予期していたような――そうすることを許可したような言い方だ。だがフェアチャイルド夫人はゆうべのパーティで、レディ・クロフォードが絶対に許さないと言っていた。爵位がほしいのはアンなのか、それともレディ・クロフォードなのか？　そして、アンにあれほど心を奪われないように忠告したのにというレディ・クロフォードの言葉はどういう意味だったのだろう？　アンはこのチャス・プレストウィックに心を奪われたというのか？　昨夜の彼女の行動を誤解していたのは、自分だったのだろうか？

ロンドンを出て一時間足らずのところで、彼は決心した。母が乗っている馬車に止まるように合図し、彼自身もカリクルを止め、面食らっているレスリーに説明し、カリクルを降りて母のところに行った。母はここ数日見かけたよりずっと機嫌がよさそうだったが、この先一人で旅をつづけてもらって自分はロンドンに引き返したいと告げたところ、母はそれは違うと言いだした。

「わたしは、あなたのミス・フェアチャイルドが大好きよ」母はおごそかに言った。「とても優しくて、笑顔が素敵な方ですもの。あなたはバースに行くべきだわ」

チャスは母親に調子を合わせようとした。「バースまで母上を送ることはできますが、母上、それだとロンドンに戻るまでさらに一日よけいにかかってしまうでしょう。わたしは今日、ロンドンでアンに会わなくてはなりません――レディ・クロフォードがアンにわたしのことをあきらめさせる前に」

すると母は馬車の床を踏みならしてチャスと侍女を驚かせた。「そうじゃないの！　あなたはバースに行かなくてはならないのよ。アンがそこに向かったと、ミリセントが言っていたわ」

「いつです？」チャスは眉をひそめて尋ねた。

「今日よ。いままさにバースに向かっているわ。だから、あなたはそこに行かなくてはならないの」

チャスは屈んで母の頬にキスした。「ありがとうございます、母上。後日、プレストウィック・パークでお会いしましょう」

母は満足そうにほほえんだ。「もちろんよ。あの場所こそわたしたちが住むところ――あなたの家ですもの」

「おっしゃるとおりです」チャスは笑顔で応じると、馬車を降り、カリクルに文字どおり飛び乗った。

「二人乗りカリクルが出した、バース行きの最速記録は？」彼は手綱を鳴らして鹿毛を勢いよく走らせながら、声を張りあげてレスリーに尋ねた。

「九時間八分だ」レスリーが叫び返した。吹きつける風に飛ばされないようにビーバー帽を押さえている。「なぜそんなことを？」

「なぜなら、いまからその記録を更新するからだ！」

チャスは最初の数マイルは鹿毛を快調な速度で走らせたが、霧が濃くなるにつれ速度を緩めざるを得なくなった。それでも軽い馬車は順調に進み、昼には駅馬車宿で食事を取る余裕もできた。そこでチャスは宿のあるじを説き伏せ、馬を替えさせた。

だが午後も遅くなると、チャスはさすがに疲れはじめた。レスリーはいつものように上機嫌で、いまが三月初旬の濃霧に包まれた暗い午後ではなく、うららかな春の日であるかのように口笛を吹いている。ついに、寝不足で頭が痛くなってきたチャスは、彼に手綱を放った。

「さあ、出番だ」そう言って、チャスは座席にもたれた。

レスリーは勇んで手綱を握った。彼が口笛を吹くと、馬たちの足並みがさらに軽くなったようだった。チャスは目を閉じて、ずきずきと痛むこめかみをさすった。

レスリーが手綱を鳴らすたびに振動が伝わってくる。

「さあ、チャス、馬の扱い方を見せてやろう。わたしの読みが間違っていなければ、いま通過しているのはヘイゼルタインの領地だ。ということは、あの曲がり道を抜けると小さな丘があって、その先はカースル・コームまで十マイルの直線だ。わたしなら一時間とかからないだろう――この霧のなかでも」

「後は任せた」チャスは思わず苦笑して言った。レスリーはふたたび手綱を鳴らし、曲がり道を全速力で駆け抜けようとした。

そして、そこにいた馬車に突っこんだ。

それは霧のなかから、古代の巨獣《ビヒモス》のようにぬっと現れた。驚いた馬は後脚立ちになっていななき、レスリーはかろうじて方向を変えて衝突を回避した。カリクルは横に傾き、すでに大きく傾いて止まっていた貸し馬車の角にぶつかった。ギシギシという耳障りな音と、女性の悲鳴が聞こえた瞬間、カリクルはなんとか通り抜けたが、驚いた馬がおさまらない。レスリーはどうにか馬を静めようと悪戦苦闘したあげく、ぶつかった場所から四分の一マイルほど離れた場所でようやく馬車を止めた。しばらく呆然としていた彼は、目を見開いてチャスに向きなおった。

「おい……チャス、いま何があった？」

チャスは彼のだらりと垂れた手から手綱を取りあげると、制動棒にくくりつけた。

「わたしにもわからない。きみは馬にけががないか調べてくれ。わたしは戻って、手伝えることがないか見てくる」そして、レスリーが理解したのをたしかめると、街道を駆け戻った。

馬車が見えるより先に、だれかの声が聞こえた。女性が泣きじゃくっている。さらに近づくと、若い娘が道端でしゃがみこみ、両手に顔を埋めているのが見えた。何を言っているのか、ほとんど聞き取れない。少し離れたところに立っていた年配の男は、彼女のことを完全に無視し、横倒しになって雑木林のほうに滑り落ちた馬車の残骸に目をやっていた。

「けが人はいないか？」チャスは泣きじゃくっている娘越しに男に尋ねた。

「おれの馬車がぶっ壊れちまった」男はぶつぶつ言うと、チャスをじろじろと眺めまわした。「それで、だれが払うんだ？　おれが知りたいのはそれだけだ」男はペッとつばを吐いた。

泣いていた娘がよろよろと立ちあがった。「払う？　払うですって？　この見た目も口も汚い、酔っ払いの悪党！　よくもこんなときにお金の話ができるわね！」

「それに馬もだ」男は娘の言葉を無視して、チャスに言った。「二頭ともいい馬だったが、逃げちまった。もう見つからないかもな」

「馬ですって！」娘は男の襟元をつかんで、テリアがネズミをくわえたときにやるように勢いよく揺さぶった。「ミス・アンが亡くなったかもしれないのに、よくも馬の話なんか！」

チャスは全身から血の気が引くのを感じた。彼は娘の肩をつかんで尋ねた。「いまアンと言ったのか？　アン・フェアチャイルド？」

娘はうなずいた。「はい、わたしはミス・アンの侍女で、ベスと申します。どうか、助けていただけないでしょうか？」

チャスは手を離して斜面を駆けおり、ときどき踵で踏んばりながら、滑り落ちるようにして馬車の残骸にたどりついた。

馬車は巨大なこぶしで握りつぶされたように見えた。岩の上に危なっかしく引っかかっているおかげで、急斜面の下にある木立に突っこまずにすんでいる。片側のドアが空を向いていた。チャスはアンの無事を祈りながらそのドアによじのぼろうとしたが、車体がひどく揺れたので、仕方なく地面に飛びおりた。下手をすると、そのまま転がり落ちて木の幹にぶつかってしまうかもしれない。

何ができるか考えたが、その間も気が気ではなかった。気持ちを落ち着け、全体のバランスを慎重に考えたうえで、ドアの取っ手に手が届くところまで体を引きあげた。なんとかドアをこじ開け、まず肩を、次に腕と頭をその隙間に押しこみ、こわごわとなかを覗きこんだ。

暗がりに目が慣れると、毛布やバスケットが散らばり、片隅に服が小山のように積み重なっているのが見えた。その服の山がアンだと気づくのに、しばらくかかった。

彼は慎重にドアの外に頭を出し、馬車のサイドパネルの上に這いだした。そこで初めて、ベスと御者が路肩から黙ってこちらを見ていることに気づいた。街道をレスリーが歩いてくるのが見える。

「ミス・フェアチャイルドを見つけた」彼はベスに叫んだ。「いまそちらに近づいている紳士が来たら、わたしの指示を待つように伝えてくれ。助けが必要になるかもしれない」彼はもう一度ドアを開け、上半身をねじこんだ。

「アン？」返事があることを懸命に祈りながら、そっと呼びかけた。服の山は動かない。「アン？」もう少し大きな声で呼んでみたが、やはり返事はなかった。必死で気持ちを落ち着けながら目をあげると、車体の縁から顔を出しているレスリーと目が合った。

「意識がないようだ。なかに入って体を抱えあげたら、外から引っぱりあげてもらえるか？」

レスリーは言葉をなくしてしまったように、ただ呆然とうなずいた。

チャスはそろそろと馬車のなかに滑りこみ、反対側のドアパネルの上に着地した。同時にレスリーが車体によじのぼったせいで、車体が激しく揺れている。服をどけて暗がりのなかに現れたアンの青白い顔を見て、彼の胸はナイフで刺されたようにズキリと痛んだ。動かすのは気が進まないが、不安定な馬車のなかから早く助けださなくてはならない。

頭の下に腕を差し入れ、そろそろと彼女を抱きあげた。頭が片側にかしいだときには、首が折れているのではないかとぞっとした。

「アン！」彼は思わず声を絞りだしたが、それは効果があった。アンはぱっと目を開き、彼を見て困惑した。「チャス？　どうして……」

「よかった！」チャスはふたたび呼吸を取り戻すと、アンにどうにかほほえみ、さらに抱き寄せた。「いますぐ教えてもらいたいんだが、体の具合はどうだ？　どこか折れてないか？」

アンはそろそろと腕と脚を伸ばした。「何も問題は——あっ！」

「どうした？」

「膝が——左の膝が……まっすぐ伸びないわ」

「失礼」チャスはつぶやいてアンの脚に手を伸ばした。分厚い生地越しでも、腫れあがっているのがわかる。「けがをしているようだが、折れているかどうかはわからない」チャスはアンをしっかり抱きあげると、注意しながら立ちあがった。「聞こえたか、レスリー？」

「ああ」

アンは顔をあげ、目を丸くした。

レスリーは落ち着きを取り戻していて、アンに向かってにっと笑い、帽子を傾ける仕草をした。ビーバー帽は馬車がぶつかったときに落としたのだろう。「こんにちは、ミス・フェアチャイルド。こんな状況でも相変わらずきれいだ」

アンは顔を赤らめた。

チャスは滑稽なほど嫉妬を覚えた。「からかうのもいいかげんにしろ。ミス・フェアチャイルドを外に出す役だろう？」

「準備はできているし、やる気もある。思いきり放り投げてくれ」

アンがぎょっとしてレスリーを見あげたので、チャスは笑わずにはいられなかった。「心配はいらない。レスリーとわたしは、若い女性をよく放り投げるんだ」

「そうでしょうね」彼女は冗談めかして言った。「でも、わたしは子どものおもちゃのように扱われることに慣れていないの。できれば少し優しくしてもらえないかしら？」

アンの黒っぽい瞳に不安がよぎるのを見て、チャスは彼女の額にかかる巻き毛を押しやった。「鳥が飛ぶのと同じくらい簡単だ。約束する」彼はアンの腰をつかむと、彼女が震えるのを感じながら持ちあげた。レスリーはアンの両手をつかみ、彼が引っぱりあげるあいだ、チャスが下から彼女を支えた。チャスは彼女が急に小さく、弱々しくなったように思いながら、アンの脚がドアの枠から見えなくなるまで見守った。レスリーがもう大丈夫だと呼びかけるのを聞いて、チャスはほっとして自分もよじのぼった。

彼らはアンをどうにか街道まで運び、無事に地面におろした。いま彼女は馬車の残骸とは反対側の路肩で、ベスにもたれて立っている。チャスはレスリー、そして御者と一緒に馬車の被害状況を調べた。レスリーは御者に全額を弁償すると言ったが、御者はひとことうなってペッとつばを吐いたきり、何も言わなかった。

チャスの見たところ、彼らにできることはほとんどなかった。貸し馬車は壊れ、馬は引き綱が外れてどこかに逃げてしまっている。彼のカリクルはまだましな状態だったが、車軸が割れていて、最悪なことに馬の片方が脚にけがをしていた。馬のほうは、時間が経てば治ることを願うしかない。とにかく現状では、カリクルで二人をごく短い距離運ぶのが精いっぱいだ。

霧が晴れて、沈む夕日が見えてきた。今日、この道を通る馬車はもうないだろう。

「いちばん近い町までどのくらいかかる？」レスリーに尋ねた。

「わたしの方向感覚が正しければ、カースル・クームまであと十マイルだ」とレスリーは答えた。「だが、途中に宿があるかもしれない。最後に通過した町は、それよりもずっと遠いはずだ。ここは事故が起きやすい場所じゃないからな。それはたしかだ」そう言って、彼は外套の前をしっかりとかき合わせた。いつの間にか、北風がヒューヒューと吹きはじめていた。

「そうだな、ここには留まれない。レス、きみはこのあたりをよく知っていると言っていたな。どこかに避難できそうな場所はあるか？」

「そうだな……ひとつ心当たりがある。ヘイゼルタインの領地の片隅に、狩猟小屋があった。ここからそう遠くないはずだ」彼はその場を離れ、最後の陽光のなかにようやく姿を現した森を見渡した。「ああ、間違いない。狩猟小屋はここから一マイルほどで、あの森を抜けたところにある」

「見つけられるか？」

「もちろん見つけられるさ！　命を賭けてもいい」

「それはよかった」チャスは彼に背を向けながら言った。「なぜなら、まさに命懸けになりそうだからな」

16

アンは夢見心地で、チャスが自分のほうに歩いてくるのを見つめた。事故、霧、そして刻々と迫る暗闇――何もかもが現実離れしている。彼にはもう、二度と会えないと思っていた。それなのに、その人の腕のなかで意識を取り戻すなんて。どうしてチャスがここにいるの？　二人のおばのために、裕福な夫を見つけようと決めていたのに。運命がその決意を試そうとしているのかしら？

彼女は自分の状態も含めて、目の前の現実に集中するよう自分に言い聞かせた。体じゅうが――とりわけ膝が痛むし、寒さが幾重にも重ねた衣服を通り抜けて、骨まで染みこんでくる。暗闇が近づいているのに、助けてくれる人はだれもいない。危うい状況だったが、チャスに笑顔で手を取られると、ほほえみ返すことができた。

彼はアンとベスに向かって言った。

「率直に言おう。選択肢はそれほどない。このまま助けを待てば凍えてしまうだろう。だがわたしのカリクルは、二人以上は乗れない。そこでレスリーとある計画を立てたんだが、その計画にはきみたちの協力が必要だ」

「お手伝いします」ベスが言い、アンもうなずいた。

「最後まで聞いたほうがいいぞ。ベス、きみにはあの御者と一緒にカリクルに乗ってもらいたい」ベスが不満げに何か言おうとしたので、チャスは片手をあげて制した。「レスリーには道案内をしてもらうから、ここにいてもらう必要がある。だが彼一人にきみたち二人を任せるわけにはいかない。そして、アンをあの御者とカリクルに乗せることもできないし、御者を一人で行かせるわけにもいかない。あの男は、カリクルに乗ったが最後、どこかに逃げてしまうに決まっているからな。だが、きみなら助けを呼んでくれるだろう、ベス」

ベスは覚悟を決めたように、黙ってうなずいた。

「それじゃ、わたしたちはどうするの?」アンが尋ねた。

チャスは言いにくそうに大きく息を吸いこむと、彼女の手を握ってつづけた。

「レスリーはこのあたりの地理に詳しい。彼によると、ここから一マイル足らずのところに狩猟小屋があって、寒さをしのげるそうだ。われわれはそこに行く。ベス、きみは助けを呼んできてくれ」

「かしこまりました、旦那さま。お任せください」小柄な侍女はアンをしっかり抱きしめると、御者を急かしにいった。

「あまり楽観的な状況ではないようね」アンは思いきって言った。状況がどれほど絶望的か、そして脚をけがした自分がどれほど負担になっているか、自覚していることをチャスにわかってもらいたかった。「わたしがいたのでは足手まといになるだけだわ。たぶん、あの御者とカリクルに乗っても大丈夫よ」

チャスの顔をさまざまな感情がよぎったが、しまいにいつもの冷静な表情に落ち着いた。「わたしといるのがそんなにいやなのか?」

アンは彼の言葉に驚いた。「いいえ、もちろん違うわ!」そして彼の手につかまったが、それは彼をなだめるためでもあった。「わたしは現実的になろうとしているだけよ。わたしが足を引っ張らないほうが、あなたとレスリーはずっとうまくやれるでしょう」

チャスは眉をひそめた。「わたしをどんな人でなしだと思っているんだ? ほんとうに、けがをしたきみをあのごろつきと二人きりにできると思っているのか?」

彼は、二人のあいだにできた壁をそのままにしておこうとしている――アンはそう思った。でも、そうするのがいちばんかもしれない。支えなしで立っているのはつらかったが、彼の腕から手を離した。「わたしはただ、足手まといになりたくないだけよ、ミスター・プレストウィック。かっかすることはないでしょう。もちろん、あなたの計画に従うわ」

「結構だ。御者が出発の準備をしているから、わたしたちもそうしよう」チャスは背を向け、すたすたと歩きはじめた。アンが唇を噛み、彼についていく方法を必死で考えていると、チャスは気づいて振り向いた。

「さあ、まだわたしと言い合いをつづけるつもりか？」

アンはむっとした。「とんでもない、ミスター・プレストウィック。わたしは見知らぬ暗い森のなかで、片足でぴょんぴょん歩きますから。どうか気にしないで」

チャスは大股に戻ってくると、有無を言わせずアンを抱きあげた。それから、羽根枕を抱えたように軽々とした足取りでレスリーの後を追った。アンは言い合いしたことも忘れて感心した。

だが森に入ってしばらくすると、その考えは変わった。レスリーは狩猟小屋がある方向につづく道らしきものを見つけていた。幅はわずか三フィートほどで、道端にはイバラや節くれだったイチイが生い茂っている。木の根が地面を波立たせているせいで、チャスは何度もつまずいた。外套やマントにイバラの刺が引っかかり、枝がからみついてくる。アンの頭上でチャスの息はほどなく白くなり、額に汗が浮かぶのが見えた。

「どうかわたしを降ろしてもらえないかしら？」彼がたちの悪いイバラの茂みから逃れようと悪戦苦闘しているとき、たまらなくなってそう言った。「なんとか自分で歩けると思うわ」

「よけいな口はきかないことだ。わたしも口を閉じておくことにする」彼はアンをぐいと抱えあげると、さらに突き進んだ。アンはそれ以上何も言わなかった。

それから一時間ほど、悪夢のような時間がつづいた。周囲は暗く、不自然なほど静まりかえっていた。レスリーが先のほうにいたが、森全体が暗いのと、チャスに抱かれているせいで、レスリーを視界にとどめておくのはひと苦労だった。チャスは彼女を抱いたまま、よろめきながら歩きつづけた。無表情で、緑色の瞳は遠ざかるレスリーの背中に集中している。アンは彼の歩みを楽にしようとじっとしていたが、すぐに筋肉が緊張でけいれんしはじめた。膝が痛み、イバラに刺され枝に打たれた顔がひりひりする。

さらにまずいことに、日が沈むにつれて気温がさがっていた。おかげでチャスの胸に抱かれて旅行用のマントを羽織っているにもかかわらず、アンは震えはじめていた。歯がカチカチ鳴る音をチャスに聞かれないように、口をきつく閉じておくのが精いっぱいだ。

チャスは突然立ち止まり、苔むした朽ち木のそばで膝をついた。アンはなんとか彼から離れて朽ち木に寄りかかった。森のなかはもうかなり暗く、葉のない木々の隙間からかすかな月明かりが差しこんでいた。冷たく湿った森のにおいが肺に染みわたるようだ。チャスが胸いっぱいに深呼吸すると、白い霧のようなかたまりがあがった。彼は苦笑いしながらアンにほほえんだ。

「そんなに落胆した顔をしないでくれないか。きみの前で認めたくないが、これは見かけほど簡単じゃないんだ。いまは、とにかく息を整える必要がある」

レスリーが彼らのところに来た。「そろそろ交代させてもらおうか、ご老体。こんな素敵な女性を運ぶ喜びを独り占めするもんじゃない」彼は屈んでアンに手を伸ばそうとしたが、チャスにさえぎられた。

「すまない……レスリー。これは——わたしの仕事だ」

「馬車にぶつけたのはわたしなのに、なぜそんなことを言う？」レスリーは不機嫌そうに言った。「わたしも、もっと重荷を負うべきだ」

「いいや……その必要はない」チャスはよろよろと立ちあがった。「もう大丈夫だ。そろそろ着くはずだから、そこでゆっくり休もう」彼はアンに手を差しのべた。アンはその手をつかんで初めて、座っていた短い時間のあいだに手と足の感覚がほとんどなくなっていたことに気づいた。思わず取り乱しそうになったが、気を取りなおしてチャスに向きなおった。

「そんなに短い距離なら、わたしにも歩けるはずよ」きっぱりと言い張った。「あなたたち二人の重荷になるまでもないわ」

レスリーの顔はよく見えなかったが、その声には安堵がこもっていた。「歩けるって？　ミス・アン、あなたは大した女性だ！」

「ばかなことを言うんじゃない！」チャスは怒鳴ったが、それが自分に向けられたのか、レスリーに向けられたのか、アンにはわからなかった。「その脚は折れているかもしれないんだ。体重を支えるのは無理だろう。彼女はわたしと一緒に行く。レスリー、早く例の小屋を見つけてくれ」彼は二人が抗議する前に、アンを腕に抱きあげた。

そして、彼らは再び出発した。レスリーが先頭に立ち、アンを抱いたチャスがその後につづく。アンは彼の腕のなかで、何もさせてもらえないことにがっかりしていた。やがて時間が経つにつれ、木やイバラはそれほど邪魔ではなく、森も恐ろしいどころか、むしろ安らかな場所のように思えてきた。世界はゆっくりと遠ざかっていき、しっかりと包みこんでくれるチャスの腕と、脚の痛み、そして忍び寄る寒さだけが残った。ずっしりと沈みこむような感覚が体のなかに徐々に広がり、ほどなく目を開けていることさえむずかしくなった。

「――アン！」チャスの鋭い声がしたとき、彼女はロンドンの家の夢を見ていた。図書室の勢いよく火が燃えている暖炉のそばで、丸まって寝ている――その夢から彼女は目覚め、チャスを見あげてほほえんだ。彼の顔は月明かりに照らされて青白く輝き、緑色の目は大きく見開かれていた。

「なんて美しい瞳なのかしら……」彼女は暗闇のなかでその言葉が反響するのを聞いて驚いた。いまの言葉を、声に出して言ったのだろうか？「まあ、わたしったら！」

「レス！」ぼんやりした頭でも、チャスの声が焦っているのはわかった。「レス、どこだ？　戻れ！」

「ここだ、チャス！　見つけた。まっすぐ前方に進んで、右手だ」レスリーの勝ち誇った声が響いた。

アンが最後に感じたのは、チャスがよろめきながら前に進む感覚だった。そして彼女は、ふたたび夢のなかに引き戻された。

17

チャスは空き地によろめきながら入った。腕のなかで羽根のように軽かったアンはとてつもない重さになっていた。前方で、レスリーが黒い一枚岩のような建物の前に立っているのが見える。近づくと、二階建てと思われる小さな家が見えた。鎧戸付きのちっぽけな窓と、重そうなオーク材のドアがある。そのドアには、頑丈な錠前が取り付けられていた。

彼は膝をつき、アンを前庭の固い地面の上に横たえた。月明かりの下で、彼女は不自然に青ざめ、青みがかった唇に奇妙な笑みを浮かべている。馬車で彼女を見つけたときでさえ、いまよりも安心していられた。その姿はまるで、すでに天国に旅立ってしまったようだった。

彼は立ちあがり、ドアの前にいるレスリーに近づいた。

「ヘイゼルタインは自分の所有物をしっかり管理していると言わざるを得ない」レスリーは考えこんだ。「なかに入れると思うか？」

「入るしかない」チャスはきっぱり言った。「さもないとアンは終わりだ」アンを失うかもしれないという不安と、ここまで来たのに拒まれたことに対する怒りと、肉体的な限界が一気に押し寄せ、彼は叫びながらドアに体当たりした。後ずさりして肩をさすった彼は、鍵のまわりの木材が砕けているのを見て驚いた。

「いけそうだ！」レスリーが叫んだ。「二人でやってみよう！」

二人一緒にさらに二回ぶつかっただけで、ドアは勢いよく開き、二人は小屋のなかに倒れこんだ。

チャスはよろよろと立ちあがると、アンを助けに走った。彼女を小屋のなかに運びこむと、レスリーが巨大な石造りの暖炉のそばにしゃがんでいるのが見えた。チャスはアンを暖炉のそばまで運び、彫刻が施された頑丈な木製の椅子にそっと座らせた。ほどなく、レスリーは火を熾《おこ》すのに成功した。

室内が明るくなると、チャスはあたりを見まわした。小屋の一階は大きな居間で、暖炉の後ろには小さな厨房があった。巨大な木製の階段が、壁沿いに中二階の寝室につづいている。居間にはアンを座らせたのと同じ、彫刻が施された木製の椅子が何脚かと、オーク材の板張りのテーブル、そして鍵のかかった木箱がいくつか置いてあった。ヘイゼルタイン卿の狩猟の腕前を示すシカの枝角が、荒削りの壁にぽつぽつと飾られている。暖炉の近くには半分ほど薪を入れた大きな真鍮の箱があり、レスリーはそこから薪を取って火にくべていた。火が安定したところで、チャスは毛布か暖かい服を上階で探すようにレスリーに頼んだ。

それから、アンを座らせた椅子を燃えさかる火のそばに近づけた。木の床がきしむ音が、がらんとした建物にこだまする。アンの前にひざまずき、手を取って温めようとしたが、アンは動かず、あの恐ろしい笑顔も彼女の顔から消えなかった。

「ヘイゼルタイン卿は徹底した男だな」と、レスリーがふたたび現れて報告した。彼は馬用としか思えない、使い古されたウールの毛布をチャスに投げた。「こそ泥のために残されているのはこれだけだ――あとはほこりよけに使うオランダ布が数枚。残念ながら、横転した貸し馬車は不安定で、膝掛けを取ってくるわけにはいかなかった。カリクルが行ってしまう前に、一枚取ってくるべきだったな。ちょっと厨房を見てくる」彼は暖炉の明かりのなかから姿を消した。

チャスはアンの頭と肩に毛布を丁寧に巻き付けた。彼女はため息をついたが、彼の存在に気づいたかどうかはまだわからなかった。レスリーが戻ってきたとき、チャスはまだ次に何をすべきか考えていた。

「食べ物もなかった。ミス・フェアチャイルドを怖がらせたくないんだが、このままでは……」彼は部屋の反対側に目配せした。

「遠慮はいらない。ミス・フェアチャイルドはそれどころではないから」その言葉に不安がにじんでいたのか、レスリーは彼にさっと目をやり、それからアンを見た。

「それで決まった、チャス。わたしは徒歩でヘイゼルタインの館に行く。ここから五マイルも離れていないはずだ。運がよければ、ここに戻る途中で捜索隊に会うかもしれない」

「レス、それは無理だ。気温がさがっているし、道も知らないんだろう？　ここに留まるほうが助かる確率が高い」

「わたしは反対だ。考えてもみろ、チャス。わたしがここに留まって助けがすぐに来なければ、ミス・フェアチャイルドは死ぬかもしれないんだ。わたしが行けば、もっと早く助けを呼ぶことができる。チャス、任せてくれ。そろそろ友人の手を借りずに、自分一人で何かやる潮時だろう。それに――」彼はにやりと笑いながら付け加えた。「きみたちを二人きりで放っておけば、きみは望みのものを勝ち取れる」

チャスは眉をひそめた。「何を言っているんだ？」

「きみとミス・フェアチャイルドさ。付き添いなしで何時間も荒野にいたら、彼女と結婚しなくちゃならないだろう」

チャスはレスリーを殴るべきか、それともお礼を言うべきなのかわからなかった。

レスリーが後ずさりしたところを見ると、怒りが顔に表れていたに違いない。

「そんなふうにして強引に彼女を勝ち取りたいわけじゃない！　レスリー、きみならわかってくれると思っていた。彼女の愛を勝ち取ってから結婚するほうがずっといい」レスリーが何か言おうとしたが、チャスは片手をあげてそれを制した。「行きたいなら行け。そうして英雄になればいいさ。ミス・フェアチャイルドにしてみれば、わたしよりきみからの求婚のほうがはるかに好ましいのだからな。速やかに救助隊を連れて戻ってこい」

レスリーは敬礼した。「了解しました！　ただちに行ってまいります、閣下！」

彼は去り際に暖炉で燃えさかる炎にちらりと目をやり、颯爽と出ていった。

チャスは座ったままぐったりしているアンを見おろした。二人きりになり、暖炉の炎で部屋が暖まると、疲れがどっと押し寄せてきた。アンを勝ち取れる可能性は、彼女に初めて会ったときからかぎりなく低いままだ。ここまで運んだことで彼女が好きになってくれるとは思わなかった。彼女がチャス・プレストウィックを必要としていないのは明らかだ。望まれていないのに、なぜ自分はこだわりつづけるのだろう？

彼は暗い考えを振り払い、薪箱をもう一度見て、中味が半分入っていることを確認した。薪を節約したり、自分で火を熾した経験のない彼には、薪がどれくらいもつか見当がつかなかった。彼はアンのほうを向き、炉棚にもたれて彼女を眺めた。静かな部屋のなかで、彼女の呼吸は浅く、不安定になっていた。そろそろ目覚めてもいいころだ。

彼は苛立っていた。自分は何の役にも立たなかったのだろうか？　彼女を抱いて森を抜けるのは、体じゅうの筋肉を酷使する苦行だったが、それは一種の償いだと思っていた。狩猟小屋は目的地で、そこにたどり着くことができれば、苦行は完了すると。だが、危険を犯して目標を達成したのに、苦行はいまもつづいている。レスリーは命懸けで彼女を救おうとしているが、自分はいま何をしているのだろう？

何をごまかしているんだ？　なぜ彼女を悩ませつづけているのか、その理由ならわかっていた。彼女に恋をしているからだ。彼女と共に分かち合うのでなければ、自分の人生は二度と正しいものにはならないだろう……。チャスは外套を脱ぎ、彼女の横にひざまずいた。「アン？　わたしの声が聞こえるか？」

アンは動かなかったが、息づかいが変わったような気がした。彼女の手を取った彼は、まだ冷たいことに驚いた。

「よし、きみを温めよう」彼はアンを椅子からそっと抱きあげて膝の上に乗せると、話しつづけた。「この時期は素晴らしい天気だと思わないか、ミス・フェアチャイルド？　ああ、そういえば、前にもこんなふうに話しかけたことがあったな」

公園での出来事は何年も前のことのように思えた。彼はアンを包んでいたかび臭い馬用の毛布を取り、二人に巻き付けた。「それとも、きみを笑わせる話をしようか？　先週、王太子殿下と食事をしていたとき、こう申しあげたんだ。『殿下《プリニー》、あなたの過剰な出費はとにかく減らさねばなりません。ブライトンのロイヤル・パビリオンのリネンに一万四千ポンドもかけるとは、どういうおつもりです？　ああ、あれは王室の色に合わせて染めた絹でしたか？　それなら、お買い得ですね！』」

彼は外套を広げて二人の前に掛けた。

「ミス・フェアチャイルド、わたしはてっきり、きみのほうがウィットに富んだやりとりに長けているものと思っていたんだが。摂政王太子についてとても面白い話をしたのに、ひとこともしゃべれないとは……。まさか、わたしのウィットにすっかり圧倒されたんじゃないだろうな」彼は口をつぐんで、アンの青白い顔に炎の明かりが映るのを見つめた。彼女の額にかかる後れ毛を耳の後ろに撫でつけて言った。

「ああ、アン。せめてぼくに話しかけてくれないか？」

聞こえるのは、火床で薪が崩れる音だけだった。

「アン！　きみの意識を戻すにはどうしたらいい？」肩をつかむと、アンの頭は後ろに傾いだ。片手で顎を包み、顔を近づけて——唇を焦がすほど熱いキスをした。この胸の苛立ちと、不安と、愛情を余すところなく込めて。

しばらくして気づいた。アンの腕が首にまわされ、唇が同じように熱っぽく反応している。彼は唇を離し、彼女の目をじっと見つめた。「アン！」

18

アンはそれを、うっとりするほど素敵なやり方だと思った。光と寒さばかりの夢から、全身にじわじわとぬくもりが広がるキスで目覚めるなんて。彼女はチャスのハンサムな顔をいとおしげに見あげた。彼の目は驚きで大きく見開かれていたが、疲れきっていることはすぐにわかった。汗で湿った髪が、顔の周りで暗い金色の毛束となってカールしている。クラヴァットは斜めに曲がり、シャツの襟も修復不能だ。だが、彼がこれほどいとしく見えたことはない。

彼の膝の上に座っていることに気づいて、彼女は顔を赤らめた。さらにあたりを見まわし、暗い部屋と暖炉に気づいた。レスリーの姿はどこにも見えない。

「黙ったままでは困る」チャスは命令口調で言った。「何とか言ってくれ」彼の口調は年配の男性っぽかったが、その瞳は心配をあらわにしていた。

「何を話せというの?」彼女は不意に恥ずかしくなって尋ねた。

「大丈夫だと言ってくれないか」

彼女はほほえんだ。「あなたのおかげで、そこそこ元気よ。ここが例の狩猟小屋なの？」

それからチャスは、自分たちの置かれた状況と、レスリーが助けを求めにいったことを説明した。アンはその話を聞いているうちに、抱きかかえられて彼との距離が近くなっていることをひしひしと感じた。彼の胸と自分の肋骨が当たっていることも、椅子の肘掛けと自分の腰がぶつかっていることも、古い毛布が首に当たって擦れていることも……。暖かいと感じるのは暖炉の火のせいというより、彼がこんな近くにいるせいだった。

いまはどうすればいいの？　アガサおばの言葉が頭のなかをよぎった。もともとは評判が悪くなる前にバースに行き、そこで裕福な夫を捕まえる計画だった。けれども、ただでさえ傷ついているアン・フェアチャイルドの評判は、今回のことでもはや修復不可能になっている。彼と二人きりになるしかなかったと説明することはできるけれど、名誉挽回はまず無理。なぜなら、きちんとしたレディは、夫以外の男性と二人きりで過ごすようなことはしないからだ。アン・フェアチャイルドはいまや、〝傷物〟だった。アガサおばが希望するような〝伯爵〟から求婚されることはけっしてない。

それでも、炎の赤い光が彼の金色の髪に揺らめくさまを見ていると、絶望とはほど遠い気持ちになった。彼に寄り添うのはとても安全で、とても正しいことのように思える——そしてどういうわけか、最後にはそうなる気がした。話し終えた彼は、どう思われるかわからないというように心許ない顔をしていた。前回会ったときのやりとりを考えたら当然だ。きまり悪くなって、思わず目を落とした。

「アン」彼は身じろぎして静かに言った。「わたしの気持ちを受け入れてもらえないことはわかっているが——」

「あなたの気持ちはとてもうれしかったわ」アンは彼の言葉をさえぎった。「ただ、あなたの愛人になるという選択は、とても受け入れられなかった」彼が驚いて見つめると、彼女は恥ずかしそうに目を伏せた。「わたし自身、受け入れたいのは山々だったけれど」

彼女がちらりと目をあげると、彼が啞然としていた。それから、彼は訝しげに言った。「きみには、わたしを完全に不意打ちする特別な才能があるらしい。わたしたちはどうやら、たがいに思い違いをしていたようだ。二人のあいだに何があったにせよ、わたしは名誉を重んじてきみに求婚するつもりだった」

それまでアンが感じていた温もりは、潮が引くように遠のいていった。わたしの、評判を守るためだけに結婚するつもりなの？——評判を傷つけられた後のことについて考えていた彼女は、突然、救済策を示されて嫌悪感を覚えた。愛の告白や、永遠の愛の誓いはどこに行ったの？　愛のある結婚をするという夢は、やはりかなわないの？

「その必要はないわ」と彼女はつぶやき、暖炉に目をやった。「レスリーが先ほど言ったように、今回の事故はあなたのせいじゃない。そのせいであなたが愛のない結婚を強いられるなんて、わたしはいやよ」

チャスは、腹を殴りつけられたように後ずさった。「すまない。わたしと結婚するくらいなら不名誉に甘んじるほうを選ぶことに気づくべきだった」

「チャス！」アンは思わず叫んだ。公の場で彼がいつも顔に貼りつけていた取り澄ました仮面が、顔から滑り落ちたからだ。あんまりだった。あまりにも多くの心ない言葉、あまりにも多くの思いこみがあった。もう、こんなゲームは終わりにしたい。

「チャス・プレストウィック」とアンは言い、手を伸ばして彼の顔を両手で包みこんだ。彼の肌は暖炉の炎で温かく、一日分の伸びたひげでちくちくした。「もしすべてがわたしの気持ち次第だったのなら、初めて会った夜に結婚の申し出を受け入れていたわ」彼が表情をやわらげるのを見て付け加えた。「わたしの記憶が正しければ、ミスター・メドウズの騒ぎがあった翌日の夜、劇場から帰る途中であなたの気を引こうとしたけれど、あなたはその誘いにあまり興味がないようだった。さっき愛のない結婚と言ったのは、あなたからの愛がない結婚のことよ。わたしの言っていることがわかるかしら？」

彼は、たったいま聞いたことが信じられないと言わんばかりに彼女を見つめていた。「いいや、わからない。きみはわたしを愛しているのか？」

「ああ、チャス」アンは彼を見あげてほほえんだ。「あなたを心から愛しているわ」

チャスは彼女の名前をつぶやいて、さらに抱き寄せた。目覚めのキスは体を温めてくれたが、今度のキスは、まるで火がついたようだった。これまで彼が見せてくれたさまざまなものと同じように、彼のキスは想像をはるかに越えていて、炎で温められた蜂蜜のように甘美な味がした。いまの気持ちをたとえて言うなら、キャンディを取りあげられた子どものよう。彼の甘いキスは心の奥底に潜んでいた渇望を癒し、さらに欲望をかき立てた。

そのとき、ドンドンと大きな音がして、小屋のドアが勢いよく開いた。冷たい空気が部屋を吹き抜ける。即座にチャスはアンを床に転がして立ちあがり、侵入者から彼女を守ろうと振り向いた。アンは膝に走る激痛に息をのんだ。

レスリーが戸口に現れ、にっこりした。その後ろには一団の人々がいる。「捜索隊を見つけた。助かったぞ！」

19

チャスは喜ぶべきだとわかっていた。彼らは無事にヘイゼルタインの館に避難した。アンは温めた煉瓦が足元に置かれたベッドで羽毛布団と毛布にくるまれ、彼にも同じように暖かいベッドが用意されている。アンの脚を診察した医師は患部を布で包んで、ひどい捻挫だと診断した。医師からアヘンチンキを飲まされて、アンはすぐ眠りについた。チャスのカリクルと借りた馬も無事だった。ベスと御者が駅馬車宿にたどり着き、そこからヘイゼルタインの館に連絡が行ったのだ。

みずから捜索隊を率いたヘイゼルタイン卿は、チャスに必要なだけ滞在してかまわないと請け合った。実際、彼らの到着は二週間にわたるホーム・パーティでもっとも注目された出来事となり、チャスが会った招待客全員が彼らの速やかな回復を祈ってくれた。要するに、すべては順調だったが、彼は苛立っていた。

彼は最後に見たアンの姿を思い浮かべた。こごえたうえに小枝が当たったせいで赤くなった頰に、黒いまつげが影を落としていた。彼のなかで、さまざまな感情が渦巻いていた。アンが無事だったことには心から感謝している。彼女の愛の告白にも胸を打たれた。ただ、今夜の事故で〝結婚せざるを得なくなった〟ことが残念だった。いま、心から望んでいるのは、彼女をもう一度この腕で抱きしめることだけだ。

　彼は疲れ果てていたが、なかなか眠れなかった。しまいに天蓋付きのベッドでぬくぬくと過ごす代わりに安楽椅子に座り、掛け布団を体に巻き付けて、暖炉を見つめた。医者の勧めに応じて、アヘンチンキを飲んでおけばよかったとさえ思った。何かに急かされるように、さまざまな考えが頭のなかに浮かんでは消えている。森のなかを歩きつづけたときに心を奮い立たせた名残なのかもしれないが、どうも落ち着かない。まだやらなければならないことや、やり残した仕事がある気がするが、鈍い頭ではうまく処理できなかった。彼は髪をかきあげ、考え事に集中しようとした。

　こうなった以上、アンに結婚を申しこまなければならないことに疑問の余地はないし、アンが拒むはずもない。彼女を妻にするのは楽しみだったが、こんな状況でなければよかったのにと思わずにはいられなかった。彼女には、チャス・プレストウィックと結婚させられるよりも、はるかにふさわしい人生があるはずだ。過去のすべての行き違いや失望を取り払って、白紙の状態で彼女のところへ行ける方法があったらよかったのに。

だが、いまとなっては……。

いつの間にか眠ってしまったに違いない。目が覚めると、寝室の窓のカーテンの隙間から、わずかに朝日が射しこんでいた。ゆうべの焦燥感がよみがえったが、何をしなければならないか、今度はわかっていた。ここに留まりたいのは山々だが、サマセットの屋敷に行ってマルコムに謝らなければならない。兄と――そしてアンと良好な関係を保つには、そうするしかなかった。

体じゅうの筋肉が悲鳴をあげていたが、チャスはヘイゼルタイン卿が気を利かせて用意してくれた石鹸と剃刀でひげを剃り、昨夜の冒険で目も当てられない状態になった外套を羽織った。そしてきびきびと歩いて朝食室に入ると、そこには幸い、早起きの主人がいた。ヘイゼルタイン卿は、バート・グレシャムを思わせる大柄で太鼓腹の陽気な男だった。その豪快な振る舞いは、もしかすると田舎風に見せるための演技なのかもしれない。彼が自己紹介するとヘイゼルタイン卿は肩を叩いて、「よくやったな、若いの」とほめてくれたが、チャスは妙に落ち着かなくて、その場で暇乞いをしてアンに別れを告げにいった。

アンの寝室に通じる廊下を半分ほど進んだところで、シュッという音が聞こえて、思わず立ち止まった。ヘイゼルタインが何か用でも思い出したのかと思って振り返ると、あろうことか、左側の部屋からエリザベス・スキャントンがするりと出てきた。

「レスリーが招待されたと聞いて、遅かれ早かれあなたも来ると思ったの」と彼女はいつもの猫なで声で言った。「ガーヴィを説得して招待者リストに加えてもらうのは簡単だったわ。ゆうべはあなたを歓迎できなくて残念だった」彼女は誘うように両腕を広げたが、チャスの顔を見て両腕をだらりとおろした。そして、悔しそうに言った。「あら、そんなに感情をあらわにしなくてもいいでしょう。あなたはもっと洗練された人のはずだけれど」

チャスはかつての愛人を見てうんざりした。見た目は相変わらず魅力的だ。白いレースに覆われた寝巻きのローブがその体つきを際立たせていた。小さな口をかわいらしくすぼめ、赤毛を剝きだしの肩に無造作に垂らしている。血色のよい頰ときらきらした瞳は、彼女のほかの魅力と相まって、以前なら磁石のように彼を引き寄せただろう。だがいまはもう、背を向けて立ち去ることしか考えられなかった。

「何よ、言い返さないの？」とリザは挑発した。「自慢のウィットはどこに行ったのかしら？」不意に彼女は怒りを引っこめ、下唇をわなわなと震わせた。「ああ、いとしい人、どうか許してちょうだい。あなたに会えなくて寂しかったから、こんなに意地悪な女になってしまったの」

チャスは皮肉な笑みを浮かべた。「リザ、自分が見えてないらしいな。きみはいつも意地悪だった」

リザは顔を真っ赤にして彼を平手打ちしようとした。チャスは簡単にその手をつかんだが、それがまさに彼女の狙いどおりだったことに気づいたときには遅かった。リザは彼の腕のなかに倒れこんだ。

「わたしたちは、いつも火花を散らしていたわ」リザはつぶやき、彼の唇に自分の唇を押しつけた。チャスは急いで離れようとしたが、そのとき廊下の奥でドアが閉まる音が聞こえた。ヘイゼルタインの客の一人が、ゴシップのネタを手に入れたらしい。

リザは体を離した。「邪魔されない場所へ行きましょうよ。そこで、どれだけあなたがいなくて寂しかったか教えてあげる」

「断る」そのひとことでリザは顔をしかめた。チャスはもう我慢できなかった。

「もうふざけたまねはよせ、リザ」彼は一度だけ社交的な仮面を脱ぎ捨て、嫌悪をあらわにした。息をのむリザに、チャスは言った。

「わたしがここに来た経緯を知っているなら、ミス・フェアチャイルドに結婚を申しこまなくてはならないことも知っているだろう。わたしはふさわしくない男だが、こんなことになった以上、彼女はわたしの申し出を承諾するしかない。そしてわたしは、自分の結婚について妥協するつもりもない。わかったか？」

「あの人と結婚しても幸せにはなれないわよ」リザは言った。「あんな人を、あなたが愛するはずがないもの」

「両方とも間違っている。さあ、どいてくれないか。わたしはもうすぐ婚約者になる彼女に暇乞いをしなくてはならないんだ」彼はリザにさっと頭をさげて背を向けた。

「あの人によろしく伝えてちょうだい」リザは薄笑いを浮かべて言った。「さっきわたしたちがキスするのを見て、楽しんでもらえたかしらってね」

チャスは愕然として振り返った。「何だと？　アンが見ていたというのか？」

リザは得意げに答えた。「ええ、そうよ。さっきのドアが閉まる音は、あなたの夢が砕け散る音だったの。それから、あの人があなたを受け入れないとわかっても、わたしのところにすごすご戻ってくるのはやめてちょうだい。もしミス・フェアチャイルドのような退屈な娘で満足できるのなら、あなたはわたしが思っていたような男ではなかったということだから」彼女は笑い声を残して、さっと寝室に滑りこんだ。

20

アンは怒りに震えながら、ヘイゼルタイン卿が与えてくれた寝室のドアに寄りかかった。寝巻き姿のあの人と公然とキスをするなんて！　もしかしたら、この部屋から三部屋しか離れていないところで、二人は一緒に夜を過ごしたのかも……。頭のなかに、二人が抱き合って激しく求め合う光景が次々と浮かび、ついには両手で目を覆ってすすり泣いていた。どうしてあんなことができるのかしら？　ゆうべのわたしの告白は無意味だったの？

天蓋付きベッドに身を投げだし、苛立ちのあまり羽根枕を叩いた。これから、どうしたらいいの？　彼を問い詰める？　それとも何も知らないふりをすべきかしら？　彼の腕のなかにいたあの忌まわしい人のことを考えただけでどうかしてしまいそうなのに、どうやってそんなふりをすればいいの？　上流階級の貴婦人たちが夫の不貞に目をつぶるのは仕方がない。彼女たちの多くは、便宜上結婚しただけで、そこに愛はないのだから。でも自分はチャスを愛しているし、彼も愛に応えてくれたと思っていた――だから、裏切られたと感じた。

けさ目覚めた後で、あらゆるものがどんなに輝かしく思えたか――それが、いまではひどく遠い昔のように思える。目が覚めた直後は、見知らぬ部屋にいることに気づいて混乱した。おまけに体が痛くて――とりわけ脚の痛みがひどかった。それから窓にかかる透けたカーテンから天蓋付きベッドのベルベットのカーテンに至るまで、青と黄色で統一された明るい部屋を見まわし、記憶をたどるうちに昨夜の冒険が一気によみがえって、喜びのあまり自分を抱きしめた。

チャス・プレストウィックと結婚するつもりだった。そして、彼が求婚せざるを得なくなったことを一度も後悔しないように、幸せにするのだ。愛していると一度も言われたことがなくても、彼がアン・フェアチャイルドを求め、大切に思っていることはわかっている。そのふたつの感情はきっと愛に変わるだろうと思っていた。

すっかり有頂天になった彼女は、夜通し付き添っていたメイドに早く着替えを手伝うようにせがんだ。だれかが壊れた馬車から荷物を持ってきてくれたおかげで、幸いにもプラム色のカージミヤ・ガウンを着ることができた。それからメイドに、寝室から出るときに体を支えてくれる人を探しにいかせた。

メイドがなかなか戻ってこないので、ドアまでよろよろと歩いて廊下に出たとき――チャスとあの女性が、恥ずかしげもなく抱き合っているのを見た。

枕を部屋の向こうに投げ、さらにもうひとつの枕を振りあげたとき、ノックの音がした。「どなた？」声まで取り乱していないことを願いながら呼びかけた。

「チャスだ。アン、入ってもいいか？」

アンは複雑な思いでドアを見つめた。いますぐは無理。「まだ着替えてないの」と嘘をついた。「後にしてもらえるかしら」

「後まわしにできないんだ。これからプレストウィック・パークに出発する」

アンは戸惑った。出発するですって？　てっきり、アガサおばとミリセントおばに会うため、数日後にバースに一緒に行くものと思っていた。まさか、一人きりでその試練に向き合わなくてはならないの？

「頼む、アン。行く前に、どうしても話したいことがある」

決心するのに時間はかからなかった。彼女はベッドカバーの下にもぐりこみ、毛布を顎まで引きあげた。「どうぞ。入って」

チャスはそろそろと部屋に入ると、彼女に噛みつかれるのを怖がっているようにおずおずとベッドの脇に来た。彼はさっきまでメイドが座っていた椅子に座り、弱々しくほほえんだ。「おはよう。気分はどうだ？」

ということは、無実を装うつもりなのだ。彼女は気持ちを落ち着かせようと深呼吸した。「痛みがつらいわ」正直に答えた。「しばらくつづくでしょうね」

「少し前に起きたようだが……さっき廊下にいなかったか？」

姿を見られたの？　彼の表情から読み取ろうと目を凝らしたが、彼は社交的な仮面をしっかりとかぶっていて、何もわからなかった。「ええ」と彼女は正直に認めた。

「わたしのしたことについて、きみに説明しなくてはならない」彼はつぶやいた。「わたしがほかの女性を腕に抱いているのを見て、きみは少し驚いたはずだ」

「驚いたですって！　なんて傲慢な……」考えるより先に言葉が出た。彼女は口に手をやり、残りの言葉をこらえようとした。「ああ、ごめんなさい――いいえ、謝罪はしないわ。ああ、あなたのせいで頭のなかが目茶苦茶よ。もう自分がだれなのかもわからないくらい！」

彼はアンの両手をつかみ、しっかりと握った。「アン、よく聞いてくれないか。有罪の証拠がそろっているのはわかっているが、わたしが無実かもしれないとは思わないのか？」

彼の仮面が外れかけていた。チャスが不安に苛まれているのを感じとって、アンは気持ちを落ち着かせようとした。「あなたは無実なの、チャス？」

「きみに見えないところで不適切なことをしていたかという点では、無実だ。いま起こったことを防ぐような生き方をしてきたかという点では、有罪だ」彼は手を離し、立ちあがってそわそわと歩きまわった。「きみに会いに行く途中で、リザに引き留められた。彼女は新しい恋人――頭の中身より金を持っている准男爵と付き合っているという話だったが、おそらく物足りなくなったんだろう。リザはよりを戻そうとしたが、わたしは一切取り合わなかった。きみが見たのは、リザが勝手にキスしてきたところなんだ。断言するが、わたしは何もしていない」

ふだんの彼は穏やかで物腰が柔らかいのに、目の前にいる彼はいつになく不安そうで、焦っているようだった。こんな彼を見たら、信じないわけにはいかない。彼はベッドの足元で立ち止まり、アンの目を見つめた。

「これまでわたしは、自己中心的な快楽主義者だった。だがそんな生き方はもう終わりにする。リザと決別するのが第一歩だ。そしてマルコムと和解する」

アンは彼を励ますべきだと思った。「よかった。お兄さまも、あなたと同じくらい対立を避けたがっているようだもの」

チャスはその言葉を信じるべきかどうか迷っているように見えたが、肩をすくめてつづけた。「きみに言いたいことがあるが、わたしにはまだその権利がない。一週間待ってくれないか。問題を片づけたら、かならずバースに行く。そしてきみに伝えるべきことを伝えよう」彼はほほえんだ。「おばさまたちがいようといまいと関係ない。わたしを待っていてくれるか？」

チャスは不安でたまらなかった。アンは待ってくれるだろうか？ こちらの話を信じてくれただろうか？ バースまで行き、おばや町にいる人々から問い詰められても耐えてくれるだろうか？ アンがじっと見つめていた。彼女の答えが自分にとってどれほど重要か、悟られないようにするので必死だった。

「ええ、チャス」と彼女は言った。「あなたを待つわ」

牧草地に太陽が降り注ぐように、彼の瞳に喜びがあふれた。彼はアンのそばに来ると、ほんの一瞬ためらってから、そっと彼女の横に座り、向き合った。キスされる――そう思って、アンの心臓は高鳴った。

けれども、彼はまたためらった。彼がキスする代わりに優しく手を伸ばして額に掛かる髪を後ろに撫でつけたので、アンは大胆に手のひらにキスをした。彼が名前を呼びながら顔を近づけてくる。彼は瞳を見つめ、言葉にできない質問の答えを見て、身をかがめて唇を重ねた。

唇と唇が触れ合ったときは、火花が散ったようだった。その瞬間、アンの体の奥底に火がつき、温かいものが体全体に広がった。彼のケープ付きの外套の粗いウール地に両手を滑らせ、首と肩を愛撫し――。

彼は突然キスを中断して立ちあがると、慌てて言った。「行かなくては。危ういところで決心がつかなくなってしまうところだった。ヘイゼルタインは、きみが旅に出られるほど快復したら、バースまで送り届けると約束してくれた。一週間後にそこで会おう」

彼はドアに大股に近づいて立ち止まった。「ところで、結婚する前に、ちゃんとしたナイトガウンを買う予定を立てておいてほしい。着飾らない女性にとっては、このうえなく刺激的な服だと思う」

アンは息をのんだ。そして彼がにやにやするのを見て、先ほど投げそうになった枕に手を伸ばした。枕がぶつかる前に、ドアは彼の後ろで無事に閉まった。

21

チャスは日が沈むころにプレストウィック・パークに到着した。ヘイゼルタイン卿は気前よくギグ（一頭立て二輪馬車）と馬を貸してくれたが、どちらも年代物だった。それでも彼は中間地点のバースで急いで食事をすませ、それからサマセットの曲がりくねった谷間の道を通り抜けた。やがて周囲が開けてブドウ畑になり、何列も連なるブドウの木々が冬の休眠期でほこりっぽい茶色に染まっているのを見て、チャスはようやく家が近いことを悟った。一日じゅう気が急いていらいらしていた彼は、ヘイゼルタインののろのろ歩く灰色の馬の頭に鞭をパチンと打ちつけた。すると馬はいきなり後脚立ちになり、プレストウィック・パークにつづく私道の錬鉄製の門をほとんどギャロップに近い速度で駆け抜けた。

私道沿いにはオークの木が並び、馬が減速するにつれて、そよ風に揺れる裸の枝がさわさわと音を立てるのが聞こえた。木々のあいだにプレストウィック館の付属の建物が見える。どれも館の背後に守護者のようにそびえ立つ、メンディップ丘陵で採石された石で造られた建物だ。冬の終わりが近い午後の遅い時間とはいえ、周囲は妙に静かだった。チャスはふたたび手綱を鳴らして先を急いだ。

オークの並木は館の手前の私道が広がるところで終わっていた。暮れなずむ太陽の光が館の壁を金色に染め、車寄せに面した八つの窓を燃えあがるように輝かせている。半円形のポーチを支える四本の白い柱と、そこにつづく白い石段さえもバラ色に染まっていた。彼は突然、母親が正しかったことに気づいた。マルコムに何度も追いだされたが、ここが〝わが家〟と呼べる唯一の場所だ。

数回の訪問は、いずれも思い出でいっぱいだった。マルコムが初めて本物の馬に乗せてくれたこと。母が小作人の子どもたちのためにボクシング・デイ（使用人にクリスマスの祝儀を渡す日）の催しを開き、おもちゃが開けられるたびに子どもたちと同じくらい大喜びで手を叩いていたこと。イートン校を追いだされて家に帰ると、マルコムが彼の部屋を別棟に移動していたこと……。思い出にふけっていた彼は、近くにいた厩番にうわの空で手綱を渡した。ポーチの石段を半分のぼったところでようやく、正面玄関が喪に服していることを示す黒い布で覆われていることに気づいた。

彼は最後の四段を一気に駆けあがった。

正面玄関の扉を押して円形の玄関広間に駆けこんだときには、心臓が喉から飛びだしそうだった。彼を迎えたのは沈黙で、そこには死の予感しかなかった。説明のつかない恐怖が彼を襲った。

「母上！」

叫び声が吹き抜けのドーム天井に反響するのを聞いて、彼は突然、道に迷った小さな子どものような気分になった。こみあげてくる恐怖と初めての子どもじみた反応と戦いながら、彼は自分を落ち着かせようとした。そのとき右手の廊下から執事のジェンキンズが現れ、彼は少し平静を取り戻した。

「チャールズさま」と彼は会釈しながら言い、万事いつもどおりであるかのように外套を受け取ろうとした。チャスはいつも、ジェンキンズが大邸宅での彼の地位にふさわしい冷静な態度を常に保っていることに感心していた。だがいまは違う。

「奥さまは手前のサロンにおいでです」とおごそかに言ったきり、何も言わずに足を引きずりながら廊下を戻っていく彼がいまいましくて、その首を絞めたいとしか思えなかった。

顔をしかめながら、チャスは大股で玄関広間を横切り、ひとつ目のドアを開けた。母親はたまにしかこの館を訪れないが、手前のサロンはいつも彼女のお気に入りの部屋だった。湾曲した車寄せに面したふたつの大きな窓から、沈む太陽が見えるからだ。彼女はそこを〝世界を見る目〟と呼んでいた。だがその窓はいま、カーテンで覆われ、見たくないものを締めだすかのようにしっかりと閉ざされていた。壁に並ぶ燭台のろうそくにも、火が灯されていない。ただ、暖炉のちろちろと燃える火が光を投げかけているだけだった。その明かりで、彼は暖炉のそばで安楽椅子に座っている人物の影をかろうじて見分けることができた。

「母上?」ここでも彼の声はやけに反響し、東洋風の絨毯の上を歩く足音は神聖な空間を冒瀆するようにやけに大きく響いた。椅子に座っている人物が動かなかったので、その黒い服を着た人物がたしかに母親だと気づくのにしばらく時間がかかった。彼女は息子を見あげたが、その目は何も見ていないようだった。

「遅かったのね」彼女は感情のこもっていない口調で言った。そして、疲れた息子にさらに追い打ちをかけるように、笑いながら言った。「でも、マルコムも遅いわ。マルコム・プレストウィックは、この世からいなくなってしまったから」

チャスは愕然として彼女の傍らにひざまずいた。まるで世界全体が歪んでしまったようだった。マルコムが亡くなった? ここにあるのは新しい始まりでなく終わりだった。母は見るからに悲しみに打ちひしがれている。自分の気持ちは後まわしにしなくてはならない。「大丈夫ですよ、母上。わたしがそばにいます。何か持ってきましょうか?」

母がうつろな笑い声をあげたので、彼はぞっとした。「みんな何か持ってこようとするの。食べ物や、医者や、お酒や、アヘンチンキを。わたしがほしいのはそんなものじゃないのに。ほしいのはマルコムよ」

「わかっています、母上」できるかぎり落ち着いた声で言った。母がなおも暖炉の炎を見つめつづける傍らで、チャスは彼女の言葉が意味することを懸命に理解しようとした。さっき母は、食べ物と言った。それは食べ物を口に入れていないということか？　母と別れてから何日経ったのか、必死で考えた。あれは昨日の朝だったか？　マルコムはいつ死んだのだろう？

彼はジェンキンズを探しにいこうと立ちあがったが、さっと母に引き留められた。彼を見あげる目は正気とは思えなかった。「行ってはだめ！　行かないで！　わたしを置いていかないでちょうだい！　みんなわたしを残していなくなってしまうの。伯爵も、ミセス・ミードも、マルコムも……」母は言葉を失い、やつれた顔を涙で濡らしながら、懇願するような目で彼を見つめた。

チャスは、取り乱しそうになるのを抑えながら、彼女の目の前に置かれた足台に腰をおろした。「心配しないでください、母上。わたしはここにいます——母上がわたしを必要としているかぎり。そのことについて、これからどうするか相談しましょうか？」母がほんとうの答えを出せないことはわかっていたが、母の気持ちが押しつぶされないようにするにはほかの何かが必要だった。

「マルコムは亡くなったの」母は簡潔に言った。しばらく黙っていたが、暖炉の炎に目をやって、ふたたび話しはじめた。またもや取り乱した声で、目を見開いたまま。「マルコムは亡くなったわ。そしてあなたは、愛していると彼に伝えることができなかった。マルコムはその言葉を聞く必要があったのに。ほら、わたしにはできないでしょう？　マルコムもけっしてそうはさせなかった。でも、あなたにはできたはずよ——結局、手遅れになってしまったけれど」

母が長い指で黒いシルクのショールの端を裂くのを見ながら、チャスは自分がこの手のことに経験がないことをひしひしと感じた。父である先代の伯爵が亡くなったとき、彼はまだ五歳の少年で、悲しみの記憶は、寄宿学校に送られて見捨てられたように感じた記憶とごちゃ混ぜになっていた。母が感じていることは、家族を亡くしたときに多くの人が感じることと同じなのだろう——いつも先延ばしにしていたことをしておけばよかったと思ったり、故人を傷つけた言葉を撤回したいと思ったり。たしかに、自分もそんな気持ちだ。彼はかぶりを振って、母親に注意を戻した。

「時間が経てばすべてうまくいきますよ、母上。いまは眠ったほうがいい。ミセス・ミードを呼んで、寝る仕度を――」

「ミセス・ミードも亡くなったの」母が声を震わせて言ったので、チャスは唖然とした。「わたしたちがロンドンに出発する前に。マルコムは心臓の発作だと言っていたわ。だから、マルコムはわたしを連れていかなければならなかったの。ここに一人で残しておけなかったのよ」彼女は悲しそうにチャスを見あげた。「そういえば、マルコムがあなたに伝えるように言っていたことがあったわ。わたしったら、きっと忘れていたのね。それとも、考えたくなかっただけかも……」

不意にチャスは理解した。ロンドンの屋敷の図書室で会ったとき、マルコムはやつれて青ざめていた。病気だったのだ。おそらく専門医に診てもらうためにロンドンに来たのだろう。ミセス・ミードの死は、まさに間の悪い出来事だった。

「気にしないでください、母上」彼はよろよろと立ちあがりながら母親に言った。「ベッドまで付き添います」

「だめよ！」母は意志の力で正気を取り戻したようだった。椅子にまっすぐ座りなおして彼を見つめ返したその目は、凜とした女性の目だった。若いころにこんなふうだったら、彼女を伯爵夫人として迎えようとする伯爵がいてもおかしくない。

母は深々と息を吸いこんで言った。「チャス、あなたに話さなくてはならないことがあるの。せっかく来たのに、こんなに――取り乱していてごめんなさい。きっと想像もつかないでしょうね。マルコムがどれだけあなたに会いたがっていたか――手遅れだとわかっているのに待ちつづけて、どんな気持ちだったか……。そして結局、間に合わなかった。マルコムは病気のことをあなたに伝えるべきだったのよ。わたしは――自分のことで頭がいっぱいで、そこまで気がまわらなくて……」

「母上、どうかご自分を責めないでください」

「あなたは、すべてうまくいくと言ったわね」と彼女は言った。「わたしもそうなることを信じているわ。マルコムはいつも、しまいにはすべてうまくいくと言っていた。でも、あなたにわかってもらいたいの。初めのうち、わたしたちが心から愛し合っていたことを」

母の声は途切れ、目は遠くを見つめていた。チャスは、これまで何度もそうしてきたように、二十六年前の彼女がどんなふうだったか思い浮かべた。繊細な顔立ち、絹のような赤褐色の髪、エメラルドの瞳、そして小柄でほっそりした体つき――当時の母は、さながら妖精のようだったに違いない。

「当時のマルコムは、少し奔放なところがあったの」彼女はつづけた。「そう、意外でしょう？　老境に入った伯爵はマルコムを甘やかしていたわ。マルコムは、ほしいものは何でも、ほしいと思ったときに手に入れることに慣れていた。実際の年齢よりずっと若く見えたわ。颯爽とした人だった。たぶんわたしは、ひと目で恋に落ちたのよ」

「母上――」チャスはその言葉を訂正しようとしたが、母は聞こえないようにつづけた。

「わたしたちはプレストウィックとブレントウッド家の領地の中間にある森でよく会っていたの。あなたも知ってのとおり、わたしはそこで家庭教師をしていて――子どもたちを散歩に連れていったり、メイドの一人に子どもたちの遊びを見守ってもらったりしていたわ。ときどき、子どもたちが昼寝をしているあいだにこっそり抜けだして――すべてがとてもロマンチックだった。マルコムはとても強くて、とても賢い人だった。彼なら何とかしてくれると思っていたわ。あなたを身ごもったとわかる前から、マルコムはわたしと結婚するつもりだった。でも、先代の伯爵はまったく聞き入れなくて……。わたしの出産が迫っていることをマルコムが突きつけると、伯爵は激怒して、わたしを探しだしたの」

チャスはもう母の告白を止められなかった。

「わたしはほんとうに愚かだったわ、チャス。当時は、マルコムやわたし自身――そして何より、あなたの行く末を思うと、怖くてたまらなかった。ブレントウッド家のあるじがこのことを知ったら、わたしは解雇されてしまう……。伯爵はわたしに、マルコムとわたしが結婚すれば彼は破滅すると――上流社会からのけ者にされると言ったわ。その一方で、社会的な地位を気にするような年ではない自分と結婚すれば、生まれる子どもは正当な名前を持つことができるし、わたしは子どもを育てる場所を得て、マルコムは評判が傷つくこともなく、いずれ同じ身分の娘と結婚できると……。そして伯爵とわたしは三日後、グレトナ・グリーンで結婚したの。「わたしたちが戻ったときのマルコムの表情は――忘れようとしても忘れられないわ。まるで石のようだった。とても冷たくて、険しい顔……。彼はわたしの頬にキスをして、幸運を祈ってくれた。そして、背を向けて行ってしまった」母の頬を涙が伝った。「そして伯爵は、わたしをロンドンに連れていき、そこで暮らしたの」「伯爵が亡くなったとき、わたしはどうしていいかわからなかった。ロンドンに一人でいるなんて無理だったから。それからマルコムが、プレストウィック・パークで暮らしたらどうかと提案してきたの。最初は、ようやく彼と以前のような関係に戻れると思った。でもマルコムはわたしを寡婦用の家に住まわせて、けっして近づこうとしなかった。何年ものあいだ、私道の突き当たりにあるその家で暮らしたわ。わたしたちは話し相手や友人になれたかもしれない――でも、それ以上の関係には戻れなかった。あの心の壁を取り払って、わたしを許してほしいと願ったこともあったわ。でもマルコムは変わってしまった。いつも他人行儀で、礼儀正しくて、誠実だけれど、ほんとうのあの人じゃない。まるで魂を奪われたようだった。でもあの人はいつも、あなたのために正しいことをすると言っていたわ――たとえあなたを息子として認めることができなくても。マルコムは結婚しなかったから、いずれあなたはすべてを相続することになる。そしてあなたは、そのことを知る由もなかった」

「ええ、知りませんでした」チャスは火を見つめ、兄と呼んでいた男のことを思った。プレストウィックという名前以外、マルコムと似たところは何もないと、どうして思っていたのだろう。母親が語った物語は、彼の物語として語られてもおかしくなかった――アンのことを除いては。

マルコムは自分の幸せを犠牲にして、運命が彼に与えなかったものを息子が得られるようにした。彼は重荷を背負うことになって、自由気ままに過ごした青春時代を後悔したに違いない。だから、息子の奔放な行動が心配で仕方がなかったのだ。

そうした行動を大人になるための一段階とは思わず、息子を不幸にするものだと考えていた。

だが、自分は違うとチャスは思った。アンがいれば、同じ過ちを犯すことはない。マルコム――あなたを二度と失望させないと約束する。アンと二人で、あなたが誇りに思うようなやり方で、プレストウィック家の将来の世代を育てよう。

22

ベスに薬を塗られて、アンは顔をしかめた。一週間が経っても、頬の引っかき傷のいくつかはまだ痛んだ。幸い、何気なく見ている人には気づかれない。でも――アンは苦笑しながら、傷を隠す意味があまりなかったと振り返った。彼女がチャス・プレストウィックとほとんど二人きりで夜を過ごしたことは、いまではもうバースじゅうに知れわたっている。

ヘイゼルタイン館で、エリザベス・スキャントンと同じ屋根の下にいるのは耐え難かった。どうやってバースに行くか考えていたところ、折よくレスリーと彼の父であるヘイスティングズ侯爵が、アンと侍女のベスをバースまで送り届けると申し出てくれた。一行はその日の午後に出発したので、スキャントン夫人に挨拶する必要さえなかった。

ヘイゼルタイン卿とほかの客たちは、アンが悪条件を耐え抜き、その後すぐに旅に出ようと決めたことを大いに称賛した。灰色の髪に、セイウチのような口ひげ、レスリーと同じ焦げ茶色の目をした粋なヘイスティングズ侯爵は、「勇気凜々、それがわたしたちのミス・フェアチャイルドだ」と少なくとも十二回は言ったのではないだろうか。本来なら大いに励ましになったはずだが、アンがいま望むことはただひとつ、どこかで一人きりになり、丸くなって泣くことだった。

　バースに着くまでの数時間も、彼女はなんとか〝勇気凛々〟の態度を保った。そして数日後に二人のおばが到着するまで、ヘイスティングズ卿が数人の召使いを残してくれたので、その後もしばらくは平穏に過ごせた。召使いたちは、ミリセントの家族が所有していた小さな家をあっという間に片づけ、準備万端整えてくれた。

　その家に戻るだけでも慰めになるはずだった。幼いころから、毎年夏のひとときをそこで過ごしてきたからだ。小さな庭付きの古い家が建ち並ぶ通りにある、安らぎと温もりを絵に描いたような家。一階には居心地のよい居間と食事室と厨房、そして二階には三つの小さな寝室と、少人数の家族が暮らすにはちょうどいい大きさだ。その家で現在家計が苦しいことを思い出させるのは、裏庭の向こうにある空っぽの馬車小屋だけだった。かつて、ミリセントおばはバルーシュ（二頭立て四輪馬車）と馬を持っていたが、いまはそれもない。

　それはまるで、わが家に帰ってきたような気分だった。アンは懐かしい黄色い寝室で、自分の天蓋付きベッドに潜りこんでようやく、顔を枕に埋めて泣くことができた。

しばらくして落ち着きを取り戻した彼女は、どうしてこんなにみじめな気分なのだろうと訝った。そもそも、どうして泣く必要があるの？　起きあがってびしょ濡れの枕をベッドから押しのけ、別の枕を自分の後ろに置いた。二人のおばは、姪が〝伯爵〟を捕まえられなかったことにがっかりするだろう。けれども、もう姪にお金をかける必要がなくなったのだから、いまの生活をつづける方法もきっと見つかるはずだ。チャスのことを考えると胸が痛む――彼は愛のために結婚するのではないかもしれないから。けれど、彼を幸せにする自信はある。頬のけがも、それほど痛いものではない。それならなぜ、こんなにも気分が落ちこむのかしら？

彼女は再び、ヘイゼルタイン館の廊下で見た光景を思い浮かべた。嫉妬しているの？　それは違う気がした。チャスは、スキャントン夫人とはもう関わりたくないとはっきり言っていた。それに自分は、最初からエリザベス・スキャントンの振る舞いに嫉妬していたのであって、彼女とチャスとの関係に嫉妬していたわけではない。

そのことに気づいて、アンははっとした。

自分がうらやましがっていたのは、本能に忠実なスキャントン夫人の行動力だったのでは？

　アンは急いで最近の自分の生活を振り返り、その理屈が当てはまることを発見した。アガサおばと同居するようになってからというもの、ずっと自分の決定を他人任せにしていた。ほんとうに望んでいたのは自分自身が評価されることだったのに、アガサおばに脅されて、裕福な夫を捕まえるためにおとなしい娘を演じていた。ほんとうに求めていたのはチャスの愛と敬意だったのに、エリザベス・スキャントンの行動に引きずられて、彼の前でふしだらな女性のように振る舞ってしまった。そしていまは、愛こそが結婚の唯一の正当な理由なのに、愛しているとまだ宣言していないチャスとの結婚を、社交界のならわしで進めようとしている。これまで、夢をあきらめないよう他人を励ましてきたアン・フェアチャイルドが、いつしか自分自身の夢を捨ててしまっていた。

　自分がどれほど意気地なしだったか知るのは気が滅入るものだが、よくよく考えてみると、時には変わるだけの勇気を見せていたこともあった。ミスター・メドウズの件で、バートにチャスを助けるようにと言って譲らなかったあのときがそうだ。あのときは、自分が正しいと思うことを押し通した。

　アンは改めて、教養と知性を備えたレディとして振る舞うよう努力し、自分に降りかかるどんな結果も優雅に威厳をもって受け止めようと自分に誓った。そして、もしもチャスから結婚を申しこまれたら――たとえことわるのがつらくても、愛されていると確信するまでは承諾しないつもりだった。

ヘイスティングズ侯爵の召使いたちが忙しく動きまわり、彼女のあらゆる思いつきに献身的に応えてくれるなかで、そのような高尚な考えを抱くのは簡単だった。もちろん、アガサおばとミリセントおばが到着して対面するときはまた別の話だ。彼女は、あの夜ヘイゼルタイン家の狩猟小屋で何があったのか、チャスの申し出をことわったことも含めて、包み隠さず話そうと決心していた。

だが間の悪いことに、だれかが町へ向かうおばたちの馬車を止め、姪の評判が地に落ちた件で慰めの言葉をかけたらしい。アガサおばは家に足を踏み入れるとすぐに、ヘイスティングズ侯爵の召使いたちをそっけない感謝の言葉とともに追い払い、それから二日間寝こんで、だれとも会おうとしなかった。アンはミリセントおばに説明しようとしたが、彼女はひどく動揺していて、ただ首を振って部屋を出ていってしまった。そんなわけで、アンの決意は宙ぶらりんのままだった。

アガサおばがふたたび階下に現れたとき、その出来事についてやはり何も話そうとしなかったのは意外だった。アガサおばは何事もなかったかのように日々を過ごし、毎朝有名なポンプ・ルームに水を飲みに出かけ、午後には友人を訪ね、夜は晩餐会や音楽会に出かけた。最初のうち、彼女はどこにでも招待されたが、それは破滅的な出来事についてみながあれこれと質問したがっているせいなのだと、ミリセントおばはアンに耳打ちした。アガサおばが答えるのをきっぱりと拒否すると、招待状の数は激減した。それでも、彼女とミリセントには古い友人がいたから、そこそこ楽しむには十分だった。

おばたちは、アンに外に出るように言わなかった。二人が簡単に諦めてしまったことで、アンはときどき不安になった。二人とも、チャスとのあいだに何があったかを知らないからだ。けれども実際には、たとえそうしたいと思ったとしても、社交の集いに出かけることはできなかっただろう。軟膏で手当てし、適度な運動をつづけていても、膝の痛みはなかなか治らなかった。いまはようやく、一人で歩けるようになったところだ。地元のバースの医師の一人が、痣や引っかき傷は順調に治っていると保証したが、そこにも不快感と痛みは残っている。アンは、けがのせいで家にこもる言い訳ができたことをありがたく思った。

だが、バースに到着して五日目に次々と訪問者が来て、アンはとても驚いた。最初に現れたバート・グレシャムは、地味な黒いウール・スーツとグレーのストライプのベストという出で立ちに、クリーム色のクラヴァットを簡単に巻いて、両手に持ったビーバー帽をぎこちなくまわしていた。

「まあ、バート、どなたか亡くなったの？」最初の挨拶を交わして、アンは尋ねずにはいられなかった。

バートはうなずいた。「きみなら気づくと思った。つまり――この変化に気づく人間は少ないだろうが、きみなら気づいてくれるだろうと思ったんだ。実は、アン、この変化をもたらしたのはきみなんだよ」

「そうなの？」アンは驚いて彼を見あげた。

バートはにんまりした。「そんなに驚いたふりをしなくてもいいだろう。そんなふうにきみが周囲に影響を与えるのを、わたしは何年も見てきたんだ。きみが信じた人は、徐々に自分自身を信じるようになる。わたしがそうだった――メドウズの騒ぎがあったあの日だ。きみはメドウズが激昂して銃を持っていたにもかかわらず、友人を助けるために進んで公園に入った――わたしもそうするだろうと信じて。だが正直に言おう、わたしはまったくの意気地なしだった」

「でも、バート」アンは抗議した。「あなたも一緒に公園に入ったわ」

「きみが紳士の義務を思い出させてくれた後で、ようやく。あれから考えてね。服装や豪快な話しぶりは、ほんとうの自分を隠すための手段に過ぎないと気づいた。もう二度とあんなまねはしないよ」

アンは笑顔の彼にほほえみ返した。「それを聞いてとてもうれしいわ、バート。どう、いい気分?」

彼は笑った。「意外なほど。この後はドーセットに帰って、両親に新しい自分を見せようと思う。それから新しい農法を調べてみようと思うんだ。耕作地の事業はすごく興味深いよ」

バートがそれから三十分ほどかけて、さまざまな農法を面白おかしく説明したので、アンは炉棚の時計が二時を告げるまで、時間を忘れて聞き入った。しまいにバートはきまり悪そうに顔を赤らめ、立ちあがった。

「今日はもう帰らないと……」彼はまたビーバー帽をいじりはじめたが、ようやく自分がしていることに気づいたらしく、慌てて帽子を後ろに隠した。「わたしたちは何年も前からの友人だが――アン、きみに言いたいことが……。つまり、プレストウィックのことを聞いて――わたしは――」彼がぶるっと身を震わせるのを見て、アンは笑うべきか、気を悪くするべきかわからなかった。彼はため息をついてつづけた。「プレストウィックは正しいことをすると思うが、もしそれが充分でなくても——きみに知っておいてもらいたい——わたしはいつも、きみに最高の敬意を払っていると」

アンは涙がこみあげるのを感じてまばたきした。「ありがとう、バート。わたしがいちばん友人を必要としているときにあなたがそばにいてくれたことを、けっして忘れないわ」

バートはにっこりしてお辞儀をし、ビーバー帽をかぶってぽんぽんと頭を叩くと、口笛を吹きながら出ていった。

バートの訪問から気を取りなおす間もなく、ベスがモーティマー・デントの到着を告げた。彼はサドルバッグを肩に担いだまま、外套をはためかせ、ブーツに泥を付けたまま、ほとんど転がるように部屋に飛びこんできた。

「話を聞いて、すぐにロンドンから来た」と彼は言い、彼女が座っているベージュの縞模様の肘掛け椅子のそばにある揃いのソファにどさりと腰をおろした。「大丈夫かい？」

「膝をけがしたけど、お医者さまは治るとおっしゃってるわ。それ以外は大丈夫よ」アンは彼の様子を見てぎょっとしたことを顔には出さないようにしながら、そう答えた。「あなたは大丈夫なの？」

「ぼく？」彼は顔を赤らめた。「ぼくなら問題ない。なぜそんなことを聞くんだ？」

アンは何が不安なのかわからなくて肩をすくめた。モーティマーは興奮しやすいたちなので、いまの様子は驚くほどではないが、今日の彼は何か違う気がした。

「とくに理由はないわ。わざわざ様子を見に来てくれてありがとう」

「やっときみのために役に立てるときが来た」彼はつぶやくと、大きな青い目を彼女に向けた。「僕がばかげた詩を書いているあいだ、何カ月もずっと味方してくれたのはきみだけだった」

「ああ、モーティマー」彼女は律儀に抗議した。「〝ばかげた〟だなんて言わないで！」

「いいや、ばかげていたさ！」彼はむきになって繰り返した。「バジャリー家のパーティで、さんざんそのことを思い知らされた。ピーターズバラ卿は正しかった――僕は絵を描くことが得意なんだが、人に見せたことはなかった。心血を注いだ絵をみんなに中傷されるより、下手な詩を書いて同じ結果になるほうが気持ちが楽だったから。さあ、その絵をきみに見せよう」

モーティマーがソファの上でサドルバッグを開けると、頭上に飾られた狩猟の情景の油絵が霞むほどの土ぼこりがもうもうとあがった。それから彼はバッグのなかをひっくり返し、上質な羊皮紙を一枚、おごそかに取りだした。そしてほんの少しためらってから、目を逸らしてアンにそれを手渡した。

アンは驚いて、手にしたスケッチを見つめた。木炭で描かれたのは彼女自身の姿、いやそれ以上の何かだった。絵のなかの女性は穏やかで、確固として、自信に満ちていた。来るものを拒まない優しい笑顔。いちばん秘密にしている夢を打ち明けたくなるような人であり、どんなことがあってもそばにいてくれると信じられる人。尊敬と愛に値する女性……。バートと話していたときにこみあげた涙がふたたびこぼれそうになって、アンはスケッチを濡らす前にモーティマーに返した。

「ああ、モーティマー、なんて素敵な絵なの」彼女は洟をすすりながら、プラム色のカージミヤ・ガウンの袖からハンカチを取りだした。「こんなふうに描いてくれたおかげで、わたしがどんなに励まされたか、あなたにはわからないでしょうね」

モーティマーは喜びで顔を赤らめた。「気に入ってくれてとてもうれしいよ。額に入れて、きみとプレストウィックの結婚祝いにしたい」

アンは目を逸らすしかなかった。「結婚することになるかどうかは、まだわからないの」

「いや、ぼくはてっきり——人づてに聞いた話ではそうだと——くそ、プレストウィックはきみと結婚するべきだ！」

「いいえ、それは違うわ！」アンはきっぱり言った。「ミスター・プレストウィックがわたしを愛していなければ、あの方の申し出は承諾しないつもりよ」

モーティマーは彼女をじっと見つめ、丸い顔をしかめた。「もちろん、プレストウィックはきみを愛しているとも。きみを愛さない人がいるもんか」彼は自分が口にしたことに気づいて顔を赤らめると、急いで絵をサドルバッグに押しこんだ。そして帰ろうとして立ち止まった。「ミス・フェアチャイルド、もしプレストウィックの求婚を承諾しないつもりなら、わたしは――つまり、きみさえよければ、わたしは世界で最も幸運な男に……」彼は床を見つめて言葉を切った。「わたしがひどく陰気な詩しか書けないのも無理はない。まともに結婚を申しこむことさえできないのだから」

「あなたのプロポーズは素晴らしかったと思うわ」アンは心から感謝を込めて言い、顔をあげたモーティマーにほほえんだ。「あなたの言ったことを思い出すようにするわ――もしそのときが来たら」

モーティマーはうなずき、お辞儀をして、重い足取りで部屋から出ていった――その途中、腕からぶらさげたサドルバッグが、ドア脇の台座に置いてあるアガサおばご自慢の中国の花瓶をひっくり返しそうになったことにも気づかないで。

アンはここ数日でいちばん気分が晴れ晴れとしていたので、階下でおばたちとお茶をすることにした。そしてお茶が運ばれてきたちょうどそのとき、三人目の訪問者が現れた。ジュリアン・ヒルクロフトはおばの手を取って順番にお辞儀をし、次にアンの手を取ってお辞儀してから、これまでそうしてきたようにアンの隣に腰をおろした。彼は楽しそうにしゃべりつづけ、共通の知り合いのことを尋ねたり、近ごろ訪ねる人が少ないおばたちに同情したりした。アンは、彼と何度も目が合うことに気づいた。そのまなざしは、またしてもアガサおばを連想させる計算高いものだったが、彼はすぐに目を逸らした。どういうわけか、彼がバースに来た目的は、モーティマーやバートのそれとはまったく違う気がした。

アガサおばが杖に寄りかかって、最初に立ちあがった。「あなたとアンには、老人二人が同席していないところで話し合うことがあるようね。バースにいらっしゃるあいだに、またお会いしたいものだわ、ミスター・ヒルクロフト」

ジュリアンは立ちあがり、アガサにお辞儀をした。ミリセントはぎこちない様子で、ドアを開けたままアガサの後を追った。廊下でベスが、ほこりを払うふりをして聞き耳を立てている。ジュリアンはソファに戻り、アンの隣の席に座った。

「ミス・フェアチャイルド、わたしが言うのもなんだが、最近あんなことがあった後にしては、とても元気そうだ」

アンはその中途半端なお世辞にうなずいた。

「言いにくいことだが――」ジュリアンはつづけた。「プレストウィックについては以前にも警告した。あの男がどんな悪党か、いまならわかるはずだ」

アンは身を固くした。「いいえ、むしろ、ミスター・プレストウィックは紳士以外の何者でもありませんでした。ヘイゼルタイン館で診ていただいたお医者さまによると、あの夜わたしが死なずにすんだのは、まず間違いなくあの方のおかげだそうです」

「なんともおめでたいことだ」ジュリアンは冷笑しながら言った。「そもそもきみのけがの原因を作ったのはあの男じゃないか」

「あれは事故だったんです」アンはそこで、軽蔑したように薄い唇を歪めている彼の顔が、ひどく不快に見えることに気づいた。

「プレストウィックが関わることで、事故などあり得ない」ジュリアンは立ちあがって小さな居間をいらいらと歩きまわった。「ミス・フェアチャイルド、きみが彼をかばっているとは驚いた。きみの優しさには以前から感銘を受けていたが、今回はやりすぎだ。プレストウィックに評判を台なしにされたことに、きみも気づいているはずだが」

「わたしのほんとうの友人は、いまもわたしを支えてくれています」アンは誇らしげに答えた。「他人がどう思うかなんて、わたしはほとんど気にしません」

「そう、きみは他人にどう思われようと気にしない」彼は立ち止まると、またもや計算高い目で彼女を見た。アンはその視線にひるまないよう、必死でこらえた。するとジュリアンは突然彼女の横に座り、手を握った。「アン、わたしもきみの味方の一人だ。結婚はもうあり得ないが、きみの美しさを無駄にするのは惜しい。わたしがきみの面倒を見よう」

アンは彼をまじまじと見つめると、自分の手を引き抜いた。「おっしゃることがよくわかりません」

「予想外の提案だとは思うが、わたしの話を聞いてほしい。きみの二人のおば上は、さほど裕福ではない。レディ・クロフォードは、姪の結婚で大金を得て、借金生活から抜けだしたいと願っている。わたしなら二人のおば上ときみを養うことができる。きみは何不自由なく暮らせるだろう」

「――わたしの名誉と自尊心が踏みにじられること以外は」アンは震えながら立ち

あがったが、怒りのあまり冷静になることができなかった。「出ていって。あなたには、評判が台なしになった娘に声をかけて侮辱するより、もっとやるべきことがあるはずよ。二度と訪問しないで」意に反して、声がだんだん大きくなった。「もしまた来たら、ヘンリーに言って、あなたを追いださせるわよ！」

ジュリアンは立ちあがって、首を振った。「アン、その自尊心のせいで、きみは損をしている。わたしが提示したのは、相場よりはるかに寛大な申し出だぞ」

「ヘンリー！」アンが叫ぶと、ベスがヘンリーを従えて部屋に駆けこんできた。ジュリアンはぎくりとすると、いつもの気取った紳士に戻り、アンに小さくお辞儀して、にらみつけるヘンリーの前を通り過ぎた。

「ちゃんと出ていったか、たしかめてきます」とヘンリーは言って、部屋を出ていった。ベスはアンの腕を取り、ソファーに座るのを助けた。アンは怒りすぎて、膝の痛みをほとんど感じなかった。

「いったい、何の騒ぎ？」アガサおばが入口に現れた。ミリセントが肩越しに覗いている。

「あの紳士がミス・アンに不躾なことを言ったんです」ベスはアンのドレスのひだを整えながら、憤然と答えた。

アンはしかめ面のおばに、同じくしかめ面で言い返した。「おばさま、ミスター・ヒルクロフトがついに勇気を出してわたしに提案したんです。愛人にならないかと」

「ああ、アン！」ミリセントおばは部屋に駆けこんでくると、姪をぎゅっと抱きしめた。体を離したおばは、涙をこらえながら言った。「思ったとおりね。やはり、あの人はあなたにふさわしくなかった」

「なんていやらしい！」アガサおばも部屋に入ってきて、いまいましげに言った。「あの男のために無駄にしたお茶のことを考えると――」

「ちょっと、アガサ」ミリセントおばがたしなめた。「こんなときにお茶のことを持ちだすなんて」そして彼女はふたたび、怒りのあまり会話の半分しか聞いていなかったアンに注意を向けた。「もう大丈夫よ。たったいまあったことは忘れなさい」

「あら、数週間ぶりにまともなことを言ったわね」アガサおばが口を挟んだ。「アン、あなたを責めないようにしていたけど、今日の一件でわかったわ。引きこもるあなたをそのまま放っておいたのは間違いだった。わたしたちは、ばかげた噂に立ち向かうべきなのよ」

「そんなに急がなくても……」ミリセントはおろおろした。

「いいえ、アガサおばさまのおっしゃるとおりですわ」アンは考え深げに言った。「家に閉じこもっていたことで、わたしは火に油を注いでいたんでしょう。アン・フェアチャイルドが殻から出て、ほんとうの姿を見せるときが来たのかもしれません」

23

もろもろの手続きに、なぜこれほど時間がかかるのだろう。チャスは最後の書類に署名し、プレストウィック家の会計士に突きつけた。ミスター・デュランスはその書類を慎重に受け取り、長く尖った鼻の前でひらひらと振って乾かすと、机の上に置かれた書類の山のいちばん上に滑り落とした。

「これで最後だと思います、閣下」彼は洟をすすりながら言った。

チャスは革張りの肘掛け椅子にどさりともたれかかった。「では、もう行ってもかまわないか？」男が鼻にしわを寄せるのを見て、チャスは不意に、校長に話しかけている子どものような気分になった。こんなことではいけない。彼は背筋を伸ばし、デュランスをエメラルドの瞳でじろりとにらむと、彼が言おうとしていたことをのみこむのを見守った。

会計士はしまいに言った。「もちろんです、閣下。母君については、また別の機会にご相談しましょう」

腰を浮かしかけていたチャスは凍りついた。「母はどうなる？」

デュランスは書類の山のほうに目配せした。「閣下の父君、第四代伯爵は、遺言で伯爵夫人に何も遺されませんでした。閣下の兄君である先代の伯爵が善意で、母君のためになすべきことをされてきたのです。兄君は、閣下がそれを引き継がれることをお望みでした」彼は顔をあげて、鼻先をまっすぐチャスに向けた。「兄君のご希望を尊重してくださると信じています」

これまでマルコムに向かって、母を粗末に扱っていると、どれほど頻繁に非難しただろう。思っていた以上に、マルコムには借りがありそうだった。「もちろんだ。それどころか、母が望むなら、ふたたび本館に戻ってもらってかまわない」

デュランスはそれを書き留めた。「結構です、閣下。それでは、母君に新しいお相手役を手配していただけますか？」

チャスはようやく立ちあがることができて、にっこりした。「まさにぴったりの人物に心当たりがある。では、そろそろ失礼するよ。バースに急ぎの用事がある」

チャスは玄関広間の巨大な階段を一段おきに駆けのぼりながら考えた。デュランスから逃れるのは、この一週間のうちにしなければならなかったことに比べれば、それほどむずかしいことではなかった。マルコムの埋葬を見届け、小作人と使用人たちにマルコムの跡を継ぐことを知らせて安心させ、さらに取り乱した母親を慰めるのは、人生で最も困難な日々のひとつだった。それから特別結婚許可証を取得するためにロンドンまで大急ぎで馬を走らせ、遺言書の読みあげに間に合わせるために、またもや急いでプレストウィック・パークに戻らなければならなかった。最後の書類に署名したので、あとはアンのところに行く前に母に別れを告げるだけだ。

――アン。

彼女の笑顔、彼女の揺るぎない信頼、そしてあの深い灰色の瞳の輝きが、ここ数日の心の支えだった。怒りが爆発しそうになったり、忍耐力が尽きそうになったりしたときはいつも、彼女があらゆる嵐を乗り越え、しかもそれが暖かい春のそよ風であるかのように感じさせてくれることを思い出した。彼女のおかげで試練を耐え抜くことができたのだ。そして明日のいまごろは、彼女を腕に抱いているだろう。

夕食までに、旅行の準備はすべて整っていた。母は彼の気分を察したのか、数日ぶりにほほえんだ。

「あの方を連れ帰ってくれる？」バースにもうじき旅立つ息子に、彼女は尋ねた。

「そう願っています、母上」チャスは母を見つめて答えた。「わたしがいなくても大丈夫ですか？」

母は自分の皿に目を落とし、料理番が彼女のために作ったさまざまな料理をかき混ぜてどろどろの山にした。「とても寂しくなるわ」それから顔をあげて、明るく言った。「でも、あなたはわたしに娘を連れ帰ってくる。ほかの女性と話すのはとても楽しいわ。あなたのアンは、わたしにとても優しいの」

チャスはにっこり笑った。「〝わたしのアン〟はだれにでも、とても優しいですよ」彼女のことを〝わたしのアン〟と呼ぶだけで、途方もなく幸せな気分になる。朝になるのが待ち遠しかった。

チャスは翌日、馬車で出発すると、休憩や食事も取らずに先を急いだ。朝になって気づいたことだが、今日は、一週間待ってくれとアンに約束したまさにその日だ。だから死ぬ気で、日暮れまでにバースに行くつもりだった。

けさは、またもや自分のことしか考えていなかったことにも気づいた。チャス・プレストウィックの一週間が大変だったのなら、彼女の一週間はどんなふうだっただろう？　レディ・クロフォードには理解してもらえなかったはずだ。ソファが血で汚れたとき、アンはレディ・クロフォードの怒りをひどく恐れていた。それなら、アンの名誉がかかっているような重大な事態に陥ったとき、レディ・クロフォードの怒りはいかばかりだろうか。

レディ・クロフォードだけではない。バースの社交界全体が、彼女がどれほど堕落とした女性になったか思い知らせようとするはずだ。訳知り顔のまなざし、遠まわしな侮辱、見下した態度――アンが耐えなくてはならないことを思い浮かべて、彼はたじろいだ。母がそんな屈辱を受けないように、マルコムが長年沈黙を守ってきた理由がようやく理解できた。アンは母よりはるかに芯の強い女性だが、めったなことではびくともしない彼女でさえ、いまはつらいときを過ごしているに違いない。

ウェルズを過ぎるまでは順調だったが、そこで二頭いる馬のうち一頭がつまずき、とある農場に立ち寄らざるを得なくなった。農夫は同情したが、馬はこれ以上先へは行けないという。彼はさらに、代わりに提供できるのは牛だけだが、ウェルズに戻ればそこで馬が手に入るかもしれないと言った。チャスは遅れに苛立ちながらも、その申し出を受け入れた。

ウェルズでは、馬一頭を見つけて購入するのに一時間かかった。それは訓練を受けていない乗馬用の牡馬だった。気性は荒いが、少なくとも休みなしにバースまでたどり着けそうな馬だ。馬車を置いてその馬でふたたび出発したのは暗くなる直前だったが、その馬はバースの手前五マイルのところで彼を放りだした。そしてチャスの怒りが爆発寸前なのを感じとったのか、即座に逃げだし、着替えの入ったサドルバッグとともに木立のなかに姿を消した。チャスは時間を無駄にしないことを優先し、馬をあきらめて歩きはじめた。

バースに着く直前、通りかかった馬車が彼を乗せてくれた。泥はねだらけで、落馬したせいで外套は破け、髪も乱れていたので、御者と一緒に乗るようにと言われるのも当然だった。運のいいことに、御者はバースのピーターズバラ邸を知っていて、先にその家の前で降ろしてくれた。どこかで、時計が九時を打っている。彼は疲れ果ててレスリーの家の正面玄関の階段をのぼった。ノックして初めて、なかから大勢の話し声と音楽が聞こえてくることに気づいた。

ドアを開けた長身で強面の執事にはなじみがなかった。執事は彼を一瞥すると、うんざりしたようにため息をつき、手のひらに二ペンス玉を押しつけた。そして「今度来るときは裏口に来い」と言って、彼の鼻先でドアを閉めた。

チャスは怒り狂ってドアを叩いた。これは奔放な人生を送ってきたことに対する運命の罰なのだろうか？　くそっ、運命がなんだ！　今夜はアン・フェアチャイルドに会うことになっていて、バースで彼女の行き先を教えてくれるただ一人の人間はレスリーしかいないのだ。

ドアがふたたび勢いよく開いたが、今度は執事の両脇に、同じように強面で制服を着た従僕が二人控えていた。三人とも彼をにらみつけている。

「ここに来るなと言ったはずだ」執事が言った。

「わたしは物乞いじゃない」チャスはきっぱりと言った。「わたしはプレストウィック伯爵だ。ピーターズバラ卿にいますぐ会わせてもらいたい」

従僕の一人が吹きだしたが、執事ににらまれて口を閉じた。

「たとえ摂政王太子だろうと関係ない」執事は鼻を鳴らしながら言った。「ピーターズバラ卿はパーティで楽しんでいらっしゃる最中だ。せっかくの催しを台なしにするわけにはいかない。もう一度このドアを叩いたら、お前の頭にも同じことをしてやる。さあ、失せろ」

ドアがふたたびバタンと閉まった。

チャスは眉をひそめたが、すぐに気を取りなおした。自分は伯爵になったかもしれないが、中身は悪名高いチャス・プレストウィックのままだ。多少自信は揺らいでいるものの、これよりもっと面倒な状況を切り抜けてきた実績がある。今回の成功の秘訣は、召使いに捕まる前に、レスリーを捕まえることだ。

あれこれと考えて、しまいにうまくいきそうな案を思いついた。記憶が正しければ、左手の角を曲がったところに小さな庭に面したテラスがあるはずだ。そこからフレンチ・ドアを通り抜けたところに広々とした客間があり、レスリーの家族はその部屋でよく客をもてなしていた。そのドアにたどり着くことができれば、レスリーに気づいてもらえるはずだ。

ひとまず、玄関からよろよろと立ち去るふりをした。まだ執事と従僕が窓から見張っているかもしれない。ランプの明かりの外に出ると、身をかがめて、小さな前庭を囲む錬鉄製の柵に沿ってそろそろと進んだ。そしてだれも見ていないことを確認して柵を跳び越え、低木のあいだを通り抜けて、テラスの石段につづく小道に出た。

音楽の音がひときわ大きくなった――手拍子が鳴り、カントリー・ダンスに合わせて足を踏みならす音が聞こえる。社交シーズンが始まってもいないのに、ピーターズバラ家にしてはなかなかにぎやかなパーティだった。小道を走り、階段をのぼって、瞬く間にフレンチ・ドアにたどり着いた。光に照らされないように気をつけながら、レスリーを探して部屋のなかを見渡した。

パーティは最高に盛りあがっていた。にぎやかな音楽に合わせてジグを踊っている男女のペアが一ダース以上。ほかにも一ダース以上の客が室内をそぞろ歩き、サテンの布が掛けられた壁際に座っている人々と話をしていた。彼はすぐに、いちばん大きな集団――年若い紳士たちのなかにレスリーを見つけた。群れの真ん中に、バースきっての美女がいるのは間違いない。

チャスはにやりとした。その女性に少しも興味が湧かないのは、アンを愛しているからに違いない。問題は、ほかの客に気づかれないようにレスリーをドアまで来させる方法だった（それも彼が新たに身につけた〝ふさわしい振る舞い〟の表れだった。以前の彼なら、いまのような格好でもひるまずに、すたすたと室内に入っていっただろう）。

そのとき、彼はダンスが終わろうとしていることに気づいた。若い紳士の群れは瞬時に倍に膨れあがり、だれもが比類なき女性にダンスを申しこもうと手を差しのべている。競り合いに勝ったのはレスリーらしい。ほかの紳士たちが後ずさって、レスリーとその腕につかまった女性を通そうとしている。どうやら、もうしばらくテラスに留まることになりそうだったが、彼は気にしなかった。アンと結婚したら、レスリーのためにふさわしい女性を見つけてやってもいい。

レスリーが連れた女性の顔がはっきりと見えて、彼は息をのんだ。アンじゃないか！

一瞬、目の錯覚かと思った。きっと長いあいだアンのことを夢見るあまり、どこを見てもその面影が浮かぶようになってしまったのだ。レスリーはその女性を抱き寄せ、ワルツを踊りはじめた。レスリーを見あげる彼女は、親しい友人だけに見せるあのまばゆい笑顔を浮かべている――そこで、目の前の光景が現実だとわかった。

ほかの男女もワルツを踊りはじめたせいで、レスリーとアンを見失わないようにするのはひと苦労だった。嫉妬心に火がついて、レスリーの首を絞めたくてたまらない。よくもアンをあそこまで抱き寄せられるものだ。黒いイブニング・コートが、アンのくすんだブルーのガウンに触れそうじゃないか?

そして、レディ・クロフォードはいったいどういうつもりで、あのほっそりした体のくびれを強調するような服を着ることを許したのだろう?

そして、レスリーの下手くそな手綱さばきのせいで死にそうになったのに、なぜ彼女はその男に愛情を込めて――いまいましいほど愛情を込めてほほえむのだろう?

そして、いつ彼女はあのひっつめ髪をほどいて、波打つ魅惑的な巻き毛をおろしたのだろうか?

彼らは踊りながらフレンチ・ドアのそばを通り過ぎた。アンが楽しそうに笑っている。彼は拳を握りしめた。レスリーは彼女に向かってにっこり笑い、大胆にも頭をさげて、彼女の耳元で何かをささやいた――。

彼は奇声をあげながら、フレンチ・ドアを蹴り開けて部屋に飛びこんだ。あちこちで悲鳴があがり、何人かの若い女性が気を失って倒れた。紳士たちは蒼白になり、楽団員たちはびっくりして演奏をやめている。踊っていた人々は怯えて逃げ惑っていた。レスリーは彼に気づいて、目を丸くした。

アンは美しい灰色の目を彼に向けると、穏やかにほほえんだ。「こんばんは、ミスター・プレストウィック。またお会いできてうれしいわ」

24

アンにとって、ピーターズバラ邸でのパーティは意外なほど楽しかった。ヘイスティングズ侯爵はカード室にいることが多かったが、いつものように陽気だったし、レスリーがいれば楽しめることもわかっていた。レスリーが打ち明けてくれたことによると、アンが外出しはじめてからこの二日間で会った紳士たちは、みな今夜の集いに招待してほしいと懇願してきたらしい。今夜は、友人だけに囲まれることになりそうだった。

そして今夜は友人が必要だった。約束の一週間が過ぎたが、チャスは戻ってこなかった。彼女は心のどこかで彼がまだ来ると信じていたが、その一方で何か恐ろしいことが起こったのではないかと心配もしていた。そして小さな声が、二度と彼に会えないだろうとささやいていた。不本意な結婚を避けるために国外に逃げた例は以前からある。

その声に耳を傾けたらどうかしてしまいそうだったので、パーティを楽しむことに集中した。

踊れたら気持ちがずっと楽になっただろうが、速いリズムに合わせて飛び跳ねるカントリー・ダンスには膝が耐えられそうもなかった。レスリーにそのことを打ち明けると、彼は楽団にゆっくりしたワルツを演奏するように指示した。アンにとって、それはチャスを思い出させる気まずい選曲だったが、彼女は笑顔を浮かべ、レスリーに先導を任せた。

「実は、ワルツはあまり得意ではないんだ」レスリーは彼女に向かってほほえんだ。

「わたしは何人かの爪先を踏んだことで有名でね」

アンは笑った。「あなたの足とわたしの膝なら、なかなかの組み合わせね」

レスリーは顔を近づけてささやいた。「以前にも言ったが、もう一度言おう。きみは大した女性だ、ミス・フェアチャイルド。チャスがいまのきみを見たら、きっと誇りに思うはずだ」

そのとき、バタンと音がしてフレンチ・ドアが開き、レスリーはぎょっとして動きを止めた。あちこちで悲鳴があがり、何人かの若い女性が気を失って倒れた。紳士たちは蒼白になり、楽団員たちはびっくりして演奏をやめている。踊っていた人々は怯えて逃げ惑っていた。レスリーはその男を見て目を丸くし、アンは即座に彼に気づいた。汚れて破れた外套の下で、胸が上下していた。髪は乱れ、目も血走っている。芝居がかった入場の仕方は、いかにも彼らしかった。

アンは彼に穏やかにほほえんだ。「こんばんは、ミスター・プレストウィック。またお会いできてうれしいわ」

一瞬、彼は怒っているように見えたが、すぐに平静を取り戻し、彼女にお辞儀をした。「きみのために駆けつけた、ミス・フェアチャイルド。もっとも、この部屋にいるほかの男たちもみな同じことを言うはずだが」

アンが答える前に、執事が二人の従僕を従えて駆けつけた。「申し訳ありません、旦那さま」彼はレスリーにささやき、従僕にチャスを取り囲むように合図した。「すぐに追いだしますので」

「なぜだ？」レスリーはふざけて言った。「この男は服の趣味は最悪かもしれないが、登場の仕方はたしかに様になっている」

アンは執事があっけにとられるのを見て、笑いを噛み殺した。

レスリーは両手をさっとあげた。「よし、茶番劇はここまでにしよう、ジェイムズ。わたしに仕えて長くないのは承知している。だがいいか、この手のことはしょっちゅう起きる。こちらはチャス・プレストウィックだ。噛みつきはしない」

彼はチャスをちらりと見てつづけた。「――少なくとも、お前には」

「はい……かしこまりました、旦那さま」執事はまだおぼつかない様子だったが、それでも気を取りなおして務めを果たそうとした。「こちらの紳士ですが、わたしについてきていただければ、もっとふさわしい服をご用意できるかもしれません」

「〝こちらの紳士〟はどこにも行かない」チャスはうなるように言った。「――そちらのレディと内密で話をするまでは」

アンは顔がほてるのを感じた。

「フレンチ・ドアの具合を見にいってくれないか、ジェイムズ」レスリーは執事に言った。「あとのことはわたしがやろう」彼は手を叩き、目を丸くしている客たちに声をかけた。「紳士淑女の皆さん、驚かせて申し訳ありませんでした。危険なことはありません。わたしのまわりに集まってくだされば説明します」

人々がおっかなびっくり、あるいは興味津々の様子で集まってくるのを見て、彼はチャスにアンを連れだすよう合図した。チャスはアンを先に行かせ、彼女の後から廊下に出た。アンの心臓はどきどきしはじめていた。

「膝はかなりよくなったようだな」チャスは先に立って廊下を進み、少し行ったところにあるドアを開けると、図書室と思われる場所に彼女を通した。向かい側の大きな窓から月の光が差しこんでいることを除けば明かりはなく、室内は静まりかえっている。

「ええ、ありがとう」話したいことがたくさんあるのに、そんな形式的な会話はまったく無意味だとアンは思った。自分の気持ちを、少しでも伝えてくれればいいのに。

チャスは部屋のなかをさっと見まわすと、ドアのすぐ内側に立っている彼女に目を戻した。そしてにっこりして言った。「図書室とは、ぴったりの場所だ。わたしたちが初めて会ったのも図書室だった」

「覚えてるわ」アンは彼を見つめながらつぶやいた。もっと近くに来て、心配していたと言って抱きしめてほしい。

チャスは髪をかきあげた。「参ったな、アン。いつものように台なしにしてしまった。わたしは、自分がどれだけちゃんとした人間か、きみに示したかった。それなのに、夜に部屋に飛びこんだりして……。結婚したら、行儀よくすると約束する」

アンの心はときめいた。これこそ待ち望んでいた瞬間だ。どうか、聞きたいと思っていた言葉を彼が言ってくれますように。この一週間はとても長かった。もし彼なしで残りの人生を送らなければならないとしたら？　そんな人生は考えられない。

「〝結婚したら〟と言ったの？」彼女は促した。

チャスは首を横に振った。「最初からやりなおしだ」彼は深呼吸すると、アンのところへ行き、片膝をついて彼女の手を握った。アンは震えそうになるのをこらえた。

「こういうことはきちんとしないと。ミス・フェアチャイルド――アン、わたしの妻になってくれないか？」

アンは口をつぐもうとしたが、返事の言葉はそれよりも早くこぼれ落ちた。「ああ、チャス、あなたと結婚できるなら何もいらないわ」彼の顔がぱっと輝いたのを見て、アンは無理やり目を逸らした。「なんてこと――そんなことは言わないと自分に誓ったのに」

「なぜ？」その声はいかにも不安そうだったが、彼はすぐに冗談でごまかした。「わたしはその資格があることを証明したはずだが――そのほかにも王国を征服しないといけないのか？　人食い鬼を退治する？　ドラゴンと戦えと？」

アンは思わずほほえんだ。「いいえ。でも、アガサおばさまを説得しなくてはならないかも――おばさまは反対する気満々だから。それに、わたしと結婚するなら、アガサおばさまとミリセントおばさまもくっついてくるのよ」

「結構だとも。たやすいことだ。フェアチャイルド夫人と母の仲がいいことはきみも知っているだろう。二人は半月以内にレディ・クロフォードを黙らせるはずだ。それでいいかな?」

「いいえ」アンは一歩も譲らなかった。

「アン、お願いだ。このままではどうかしてしまう! わたしに何をしてほしいのか教えてくれ」

「あなたにはばかげているように思われるかもしれないけど、わたしにとっては大事なことなの」彼が身がまえたのがわかった。「ひざまずいて、そんなまなざしで見あげられると、言いにくいわ」彼女は背筋を伸ばし、彼は息を吸いこんだ。「チャス・プレストウィック、あなたを愛しているけれど、わたしの評判を守るためにあなたと結婚するつもりはないの――あなたもわたしを愛していることがわからないかぎり」アンは彼と同じくらい緊張して返事を待った。

「それだけかい?」チャスは立ちあがって彼女を抱きしめた。「まったく、レスリーを好きになったと言いだすのかと思ったぞ!」彼はアンを抱いたまま息が切れるまでぐるぐるまわった後、彼女を近くの椅子に座らせ、もう一度足元にひざまずいた。アンが呼吸を整えているのを見て、彼はにっこりした。

「ミス・フェアチャイルド、以前にきみに言ったことがある。きみに言い寄る連中はまともな告白をしてくれたのかというようなことを。きみは情熱的な告白をしてもらいたいんだな？　ではそうしよう」彼は不意に神妙な顔になった。緑色の瞳が灰色の瞳と見つめ合い、二人のあいだに厳粛な空気が流れた。「アン・フェアチャイルド、荒れた暗い海のような目と真夜中よりも黒い髪の持ち主であるきみを崇拝している。きみに出会うまでは、愛する人にソネットを捧げる男たちを笑っていた。周囲で世界がばらばらになっても、落ち着き払ってほほえむきみが好きだ。きみがきみらしく振る舞うだけで、周囲の人間に最高の刺激をもたらすところが好きだ。一緒にいると何でもできると思わせてくれる、そんなきみが好きだ。何より、きみを愛している。さあ、わたしと結婚してくれないか」

アンは彼の腕のなかに飛びこんだ。承諾の言葉はキスのなかに消えていった。彼女の熱い唇を自分の唇で覆ったとき、チャスはマルコムのことをまだ話していないことに気づいた。それは後まわしにしろと頭のなかから別の声がし、彼は何事にも動じない花嫁に、どれだけ愛しているか伝える仕事にのめりこんだ。

訳者あとがき

本作品は、アメリカのヒストリカル・ロマンス作家、レジーナ・スコットのデビュー作です。スコットは今回初めて本邦で紹介される作家ですが、六十五作以上にのぼる作品の多くがすでにヨーロッパで翻訳されており、ベストセラー・リスト入りも果たしているベテラン。ジャンルは本書のような英国摂政期《リージェンシー》ものがほとんどで、本書はその先駆けとなった記念すべき作品です。

本書のヒロイン、アン・フェアチャイルドは、原題に〝Unflappable〟（冷静沈着な）とありますように、多少のことでは動じない女性です。チャスとリザが別れ話の修羅場を繰り広げているところに踏みこんでしまっても動揺を見せないどころか、チャスが苦境にいることを敏感に感じとって、とっさに救いの手を差しのべるところは、二十そこそこの令嬢とはとても思えません。さらに彼女は二回目の出会いで、チャスが全速力で走らせる馬車に乗る羽目になったときも慌てず騒がず、凛とした態度を保って、チャスの心に忘れがたい印象を残します。

堅物で厳格なアガサおばの監督下にあるアンは、ひそかに夢見ていた恋愛結婚をあきらめ、パーティでいつか威厳のある年配の男性と知り合い、「その男性を徐々に好きになることを期待しながら結婚するのだろう」となんとなく思っていました。そんな生真面目な性格の彼女が、チャスが全速力で走らせる馬車に乗っているうちにボンネットを飛ばされ、精神的に解放されていくくだりは象徴的です。

本書のストーリーには、大きく分けてふたつの要素があります。ひとつは、アンとチャスの恋の行方。不満を抱きながらもずっとおばの意向に従って行動してきたアンが、チャスとの出会いをきっかけにどう変わっていくのか？　チャスはアンのおばに軽んじられたことで、アンがほんとうは裕福で爵位持ちの男性を狙っているのではないかとやきもきしながらも、何とかアンに近づこうと奮闘します。

本書のもうひとつの要素は、チャスと兄マルコム、そして母のレディ・プレストウィックの三人の関係です。チャスはなぜ長年二人と疎遠にしていたのか？　マルコムは、なぜ急にチャスを認めたのか？　精神的に不安定なレディ・プレストウィックの言動も、どこか謎めいていて……。作者はあえて説明を省き、終盤で驚くべき事実を明らかにしています。

作者本人のホームページによれば、スコットは小説を書くためにフェンシングを習い、四輪馬車を操り、リージェンシー期のしゃれ男《ダンディ》に扮するほど研究熱心で、クローゼットには当時のさまざまな衣装がコレクションされているとのこと。本作品では馬車を走らせる場面が何度か出てきますが、個人所有の馬車だけでもカリクル、ランドー、フェートン、ギグ、箱馬車と、用途の違う馬車が登場し、さらに街の貸し馬車も合わせると六種類の馬車が巧みに書き分けられています。おかげで、訳者も物語の各場面を想像しながら楽しく翻訳することができました。そうした時代背景の細部の描写もお楽しみいただければと思います。

ラズベリー・ブックスでは、近日中に本書の続編 *The Incomparable Miss Compton* を紹介する予定です。どうぞ楽しみにお待ちください。

二〇二四年十月　細田利江子

冷静沈着な令嬢アンの結婚

2024年10月17日　初版第一刷発行

著 ································ レジーナ・スコット
訳 ·································· 細田利江子
カバーデザイン ························ 小関加奈子
編集協力 ························· アトリエ・ロマンス

発行 ······························ 株式会社竹書房
〒102-0075 東京都千代田区三番町8-1
三番町東急ビル6F
email : info@takeshobo.co.jp
https://www.takeshobo.co.jp
印刷・製本 ················ 中央精版印刷株式会社
